世界で唯一の転職師

~ジョブホッパーな俺は、異世界ですべてのジョブを極めることにした~

著 錬金王

イラスト 只野野郎

TOブックス

CONTENTS

イラスト/只野野郎　デザイン/TOブックスデザイン室

THE WORLD'S ONLY JOB HOPPER

1話　ジョブホッパー異世界へ

「さすがは年商三千億を誇る大企業の本部となると、エントランスも気合が入ってるな」

オフィスのエントランスは、客が来訪した際に最初に訪れる場所であり、いわばその企業を印象付ける場所といっても過言ではない。

自宅で例えるなら玄関だ。汚れが溜まり、靴が散らかっている玄関よりも、綺麗に掃除されてきちんと靴が収納されている玄関の方が好印象だ。

大企業なだけあって当然それを理解しているようだ。エントランスには目立つ汚れはまるでなく、埃を被っているようなイスやテーブルはなかった。

ビジネススーツを纏《まと》った俺こと、天職司《アマシキツカサ》は都内にある大手企業のビルにやってきていた。

目的は転職だ。

俺はいくつもの企業を渡り歩いてきたジョブホッパー。

ジョブホッパーというのは短い期間で転職を繰り返す者のことを指す。

行き当たりばったりな転職ではなく、スキルを磨き、さらなる高みを目指しての転職だ。

今所属している企業も大手ではあるが、得られるスキルも少なくなってきた。

一か所に留まることが苦手な俺は、次なるキャリアアップを目指すことにした。

いくつもの審査を乗り越えることのできた俺は、遂に今日の最終面接にまで到達したのである。

誰もが知っている大企業への転職なだけあって、審査はかなり難関だった。

後は最終面接を乗り越えれば、転職は完了といっていい。

最後まで気を引き締めないとな。

ネクタイを締め直した俺は、中央にある受付へと向かった。

俺が近づいていくと、若くて綺麗な女性が上品な笑みを浮かべながら「おはようございます」と挨拶をしてくれた。俺も爽やかな笑みを浮かべて挨拶を返す。

「最終面接に参りました天職と申します」

用件を告げると、受付の女性が丁寧に面接会場を教えてくれたので、俺はそこに向かうことにする。

エレベーターに付いている鏡で身なりをチェック。

寝癖は付いていないし、ネクタイも曲がっていない。笑顔だってバッチリだ。

必要な書類もちゃんとカバンに入っていることも確認した。

どのような質問が飛んでくるかは予想してはいるが、すべてが予想通りとはいかないのが面接というものだ。

どのような変化球がこようとも、今までの転職経験を活かして乗り切ってみせる。

チーンという音が鳴ってエレベーターが開く。

廊下を進み最終面接会場の前までたどり着くと、案内係の者に待機するように言われる。

イスに腰をかけて待つことしばらく。

「天職司さん」

遂に俺の名前が呼ばれた。

大丈夫だ。俺ならイケる。それだけのキャリアと経験をこれまで積んできたんだ。大企業であっても、それが通用しないはずがない。

「失礼します」

扉をノックして中に入ると、そこには人事部の人たちや社長が待ち受けてはおらず、だだっ広い平原が広がっていた。

「へ？」

予想外な光景に思わず間抜けな声が漏れる。

もしかして、会場を間違えたのか？

大手企業ともなると景観を整えたり、社員に癒しを与えるために緑を取り入れることがある。きっと間違ってそういった部屋に入ってしまったのだろう。

そう思って引き返そうとしたが、既に扉はなかった。

気持ちがいいほど鮮やかな平原にポツリと佇《たたず》む人間が一人。

どうやら俺は知らない場所に迷い込んでしまったようだ。

●

「どうなってる？　ここはどこなんだ？」

最終面接会場に入ったつもりが、まるで見覚えのない場所にやってきてしまった。

ふと身体に違和感を覚えたので確認してみる。

服装は変わらない。面接のために着てきたビジネススーツにビジネスバッグ。

財布やスマホといった最低限の必需品は持っている。ただ妙に身体が軽い。

俺の年齢は三十歳だが、それにしては妙に肌が綺麗な気がする。

試しにスマホを鏡にしてみると、明らかに見た目が若くなっていた。

「えっ？　なんでだ？」

歳の頃は十八歳くらいだろうか？　この年齢で今のキャリアがあれば、どこでだって採用されそうだ。なんて思ってしまうのはジョブホッパーの性《さが》なのかもしれない。

にしても、見渡しても雑草ばかりだ。人間の気配はまるでなく、建物の一つも見えない。

こんな場所は日本にあるのか？　そもそもここは本当に日本なのか？

都内だけでなく田舎でも暮らしたことはあるが、こんな場所に思い当たるところはない。

地面に生えている雑草だけでなく、遠くに見える木ですらも見たことがない形をしている。ここが日本なのかどうかも怪しいものだ。

「もしかして、異世界にやってきてしまったのだろうか？」

ゲームやアニメといった創作物で流行りの異世界。

お決まりの剣と魔法のファンタジー世界にやってきてしまったというのだろうか。

見たことがない場所や植物を目にすると、そう推測するのが自然なように思えた。

「ん？　なんだこれ？」

他にも何か持ち物はないかと探っていると、ポケットから銀のプレートが出てきた。

触れてみるが何も変化はない。

「メニュー、コマンド、ステータス……おわっ！　本当に出てきた！」

ゲームでのお約束的なシステムコマンドを唱えてみると、プレートからウインドウが浮かび上がった。

名前　アマシキ　ツカサ
LV1
種族　人族
性別　男
職業【転職師】
ジョブLV1
HP　48
MP　500
STR　36
INT　42
AGI　28

DEX　27

そこにはゲームでお決まりのステータスが数値として表示されていた。

「まるでゲームの世界だな」

このようなプレートから情報が可視化するなどとあり得ないことだ。

どうやら本格的に、俺のいる場所は異世界であるという説が濃厚になってきた。

MP、魔力の数値だけが桁違いであるが、それ以外はまるで平凡なステータスだ。

健康維持のために運動したり、鍛えていたくらいなので当たり前か。

それ以外に突出すべきものはないように思えるが、職業欄にある【転職師】というのが気になる。

今の俺の職業を当てはめるならサラリーマンだと思うのだが、どうやら違ったらしい。

【転職師】とは一体どのような職業なのだろう？　剣士や魔法使いといった職業であれば想像がつきやすいが、【転職師】というのはピンとこない。

詳細を知りたいと念じながら職業欄に触れてみると、表示される項目が変化した。


【転職師】

自らが望む職業へと転職することができる。転職する職業に合わせてMPを消費。


職業の説明はかなり端的なものだった。

しかし、その隣には現在の転職できる職業がズラリと並んでいた。

剣士、魔法使い、戦士、盗賊、弓使い、槍使いといったお決まりの戦闘職。

村人、農民、羊飼いといった一般的な職業。他には鍛冶師や細工職人といった生産系を思わせる職業なんかも表示されていた。

ちょっと数が膨大過ぎて確認するにも時間がかかりそうだな。

数々の転職を繰り返してきた俺だからこそ、手に入れることのできた職業なのだろうか？

「にしても、どうして面接会場が異世界と繋がっているんだ？」

だとしたら、あそこの会社員は異世界と日本を行き来できるのだろうか。

廊下には俺以外に何人かの面接者がいた。

待っていたら俺と同じように面接者がやってくるのではないか？　あるいは案内係の者がひょっこりと顔を出すのでは？

そんな希望を抱いてジーッと待ってみる。

小一時間ほど経過したが人がやってくる気配はまるでなかった。

ここに迷い込んでしまったのは俺だけなのだろうか？　小一時間と言わず、一日でも待ってみたい気持ちではあるが、空に浮かんでいる太陽は確かに進んでいる。

バッグにはペットボトルの水が入っているが、それがなくなってしまえば飲み水はない。

唯一の手掛かりに縋って待機するのはいいが、それが原因で野垂れ死にしてはシャレにならない。

「動くしかないな」

ジョブホッパーは切り替えの早さと行動力が持ち味だ。

消極的な行動は俺の性格には合ってない。

何事も動いてみれば何とかなる。ポジティブ思考で行こう。

「ジジジジジジ！」

そう思って移動を開始した俺だが、五分も経過しない内に未知の生物と遭遇した。

一言で表現するならば、空を飛び続けるカマキリ。

一メートルほどのサイズで腕が大きな鎌のようになっていた。

ゲームなんかでおなじみの魔物という奴だろう。

持ち前の行動力が完全に裏目に出た形だった。

俺の知っているサイズのカマキリならまだしも、あんなものに襲われれば命はない。

一目散に逃げるとカマキリが追いかけてきた。

速度は俺の全力ダッシュと変わらないが、飛んでいるために体力はこちらが消費する一方。

いずれ追い付かれることは明白だった。

「待て！　話をしよう！」

近くにある木まで走り、思い切って話しかけてみる。

しかし、カマキリは止まることはなく、鎌のような腕を横薙ぎに振ってきた。

咄嗟に頭を下げると、ザンッという音を立てて木がすっぱりと切れた。

「……冗談じゃない」

カマキリの腕の切れ味に顔が真っ青になる。

避けていなければ首と胴体がおさらばだった。

無機質な瞳からは知性のようなものは窺えない。

このままではじり貧だ。体力が尽きたタイミングで殺されてしまう。

平和な日本で育ってきた俺に戦闘技術なんてものはない。

剣道や柔道、空手を嗜《たしな》みはしたが、そんなものが通じる相手ではないことは明らかだ。

俺が唯一縋《すが》ることのできるものと言えば、ここで手に入れた職業のみ。

――俺は自分の中に眠っている職業の力を使ってみることにした。

「転職《ジョブチェンジ》、【魔法使い】」

数ある職業の中から選択したのは、魔法使い。

魔力を使って数多の魔法を使いこなすことのできる戦闘職だ。

魔法使いに転職した瞬間、俺の中に数多の知識や経験が流れ込んでくるのを感じた。

この世界にある魔力を感じ取ることができ、魔法を行使するための手順が自然とわかる。

「火炎球《ファイヤーボール》！」

腕を振り下ろそうとするカマキリに向かって、手をかざしながら魔法を唱える。

すると魔法陣が広がり、そこから火炎球が射出された。

火炎球が直撃したカマキリは爆散。

爆風が広がった後にはカマキリの残骸らしきものだけが残っていた。

「や、やった！」

どうやら一撃で倒すことができたらしい。

あらゆる職業に転職することができ、その職業の能力を扱うことができる。

「これが転職師の力なのか……」

俺は異世界で得た、自らの力を実感するのだった。

2話　辺境の集落へ

カマキリの魔物を倒し、ホッとしていると突然脳内で軽快な音が鳴り響いた。

戦闘後に流れる、こういう音に心当たりがあった俺はステータスの表示されるプレートに触れてみる。

名前　アマシキ　ツカサ
ＬＶ２
種族　人族
性別　男
職業　【魔法使い（転職師）】

ジョブLV1
HP　53
MP　470／540
STR　39
INT　47
AGI　32
DEX　29

ステータスを確認してみると、予想通りレベルが上がっていた。

「さっきの魔物を倒した影響か……」

魔物を倒したことにより経験値がもらえ、自らのステータスに反映される。

つくづくこの世界はゲームのようだ。

しかし、ゲームのようなものはシステムだけ。カマキリの鎌のような腕が振るわれて、毛先がちょっと切れているし、魔法を発動した時に熱気だって感じた。

視覚、聴覚といった感覚がこの上ないほどに現実なのだと伝えてくる。

ゲームのような世界だからと舐めていると死んでしまうだろう。

「冗談じゃない。俺はたくさんのキャリアを積んで、よりよい生活を目指す――って、あれ？　こんな世界でどうやってキャリアを積むんだ？　そもそも今まで俺が獲得してきたキャリアなんて役立つのか？」

前世では科学が発達し、仕事のほとんどはネットやパソコンに依存していた。

見たところここは剣と魔法のファンタジー世界だ。そんなものがあるとは思えない。

俺が日本で獲得してきた数々の資格、専門スキルの数々が役に立つというのだろうか？

役に立つはずがない。

その結論に達した瞬間、今まで築き上げたものが一気に崩れ落ちるような感覚に見舞われた。

「いや、でも俺には今から積み上げることのできるキャリアがある！」

転職師の力。望めば、どのような職業にもなることができる。

この不思議な異世界で職業の力がどれだけ大きいかは、先ほどの戦闘で明らかだ。

レベルを上げ、数多の職業のレベルを上げれば、どこでだって活躍できるだろう。

「決めた！　俺はこの世界ですべての職業を極めてやる！」

そう。俺はジョブホッパーだ。高待遇、キャリアアップを目指して転職を繰り返す者。

異世界にやってこようがやることに変わりはない。

念のために俺はもう一度ステータスを確認する。

特に成長の幅が大きいのはＭＰ。

数値を確認してみるとＭＰが大きく減っているのがわかる。

これは転職師から魔法使いに転職した際の魔力消費と、カマキリに放った攻撃魔法が原因だろう。

転職にかかった消費ＭＰが二十。火炎球の消費で十といった塩梅《あんばい》。

この消費MPであれば、転職をケチる必要はなさそうだ。

魔法使いのパッシブスキルによってゆっくりとではあるがMPも回復していることだしな。

自らの状況を整理したところで俺は歩き出す。

まずはきちんとした生活基盤を整えないことにははじまらない。

食料を見つけながら、人里に向かわないと。

とはいっても、まったくの土地勘のない場所だ。進むべき方向もわからない以上、運頼みで歩いていくしかない。

だだっ広い平原から森の中に入り、ひたすらに歩いていく。

そうやって歩き続けること三時間。いい加減に喉が渇いた。

バッグに収納していたペットボトルの水は飲みきってしまったので魔法を使う。

「水球《ウォーターボール》」

小さな水球をそのまま口の中に入れると、冷たい水が喉を潤してくれた。

追加で水を生成すると、空になったペットボトルに注いでいく。これで満タンだ。

幸いにして魔法使いの能力のお陰で、魔力の続く限り水は無限に出すことができる。

水が豊富にあるお陰で最低限は生き延びることができるが、いい加減誰か人に会いたいものだ。

とはいえ、ここは広大な森の中。道標もないままに進むのは明らかに効率が悪い。

こういった時に頼りになる職業はないだろうか？

そう思ってステータスウィンドウを開き、転職可能な職業リストを眺めていると、状況を打開できそうな職業があった。

「転職《ジョブチェンジ》、【狩人】」

狩人は山や森といった自然の中で高い索敵力と隠密性を発揮する職業だ。弓や短剣を扱うこともでき、戦闘もこなすことができる。

狩人になった瞬間、自らの感覚がより研ぎ澄まされたような感じがした。

空気の流れや動植物の匂い。それらが鮮明に感じられる。

今、俺が求めているのは人の痕跡だ。

狩人の鋭敏な感覚と観察眼を使って歩きながら人の痕跡を探していく。

「あった」

そうやって歩き続けていると、地面に人の足跡が残っているのを見つけた。

それ以外にも狼と思わしき足跡や血痕のようなものも残っている。

時間はおよそ二日前。ここで誰か魔物と戦ったのか、あるいは狩りでもしていたのか。

「どちらにせよこの足跡をたどっていけば、村にたどり着くことができるな」

進むべき方向さえわかれば、何とかなる。

俺は狩人の能力で痕跡を追いつつ進んでいく。

すると、いつの間にか森を抜け、開けた平地のような場所にやってきていた。

そこにはいくつもの民家が立ち並んでおり、遠目には人らしき存在も確認できた。

もう痕跡を追う必要はない。俺は職業を狩人から魔法使いに戻しておく。

建物の数からして村というより集落といったところか。でも、そんなことはどうでもいい。ようやく人に会えた。今はそのことが嬉しくて堪らない。

集落の入り口には槍を持った男性らしき人が立っている。

集落に不審な人物や魔物が入ってこないように見張っているのだろう。

視線が合った俺は、相手に好印象を与えるために前世で培った営業スマイルを浮かべる。

「こんにちは」

だけど、すんごく怪しい者を見る目をされた。なぜだ。

「奇妙な格好をしているが何者だ？」

「はじまして、アマシキツカサと申します。何者かと言われると流れの魔法使いでしょうか？」

「魔法使い？　こんな辺境にそんな固有職《ジョブ》持ちがやってくるわけがないだろう？」

「いえいえ、本当ですよ」

そう答えるも男は疑いの眼差しを向けてくる。

「なら、ステータスプレートを見せてみろ」

「どうぞ」

訝しむ男に俺はステータスプレートを見せてみる。

「なっ！　本当に魔法使いなのか⁉」

「だからそう言ってるじゃないですか」

「す、すまん。固有職持ちがこんな辺境にくることなんてあり得ないものだから」

「そうなんですか？」

「固有職を持っている奴等は国や貴族に抱えられる者が多い。そうじゃなかったとしても大きな街に行って冒険者として活動するのがほとんどだ。仕事がまるでない辺境にはまずいないんだがな」

特別なキャリアを持っている奴は、より自らが能力を発揮し、稼げる場所に移動する。

日本でも異世界でも人の働き方に変わりはないな。

とはいえ、都会にいるはずの固有職持ちが辺境の集落にやってくれば訝《いぶか》しむのも当然か。

「ずっと山に籠って魔法を磨いていましたが、そろそろ人里での暮らしが恋しいと思いまして」

「なるほど。道理で常識に疎いはずだぜ」

なんか常識がない認定をされているが、ここは甘んじて受け入れるしかない。

今は早急にこの世界の情報が欲しいから。

なんて会話をしていると、急に男がソワソワしはじめた。

「なあ、アマシキツカサ」

「ツカサで結構ですよ」

苗字としての区切りがないせいか、続けてフルネームで呼ばれるとかなり違和感がある。

「固有職持ちのツカサに頼みがある！　ちょっと俺に付いてきてくれ！」

「ええ、付いていくってどこにです？」

「長《おさ》の家だ。そこで詳しく話すから付いてきてくれ」

男は突然走り出したので、俺も付いていくことにする。

何を頼まれるかはわからないし、引き受けるかも内容次第だが、集落の中に入るという目的は達成された。

ひとまずそれで良しとしよう。

3話　討伐依頼

見張りの男に付いていくと、集落の中にある大きめの民家に案内された。

確かに他の民家に比べると大きくて、造りも良さそうなので集落の長なのだろう。

「長！　ちょっといいか⁉」

男は家に着くなりノックもせずに扉を開いた。

これが集落独自の距離感なのか、それとも俺に頼みたい用件とやらが急ぎだからなのか俺には判別できない。

大声を上げた男の声を聞き、奥の部屋から初老の男性が出てくる。

「どうしたんです、ゾゾ？」

どうやら俺をここまで連れてきた男はゾゾというらしい。

「固有職持ちがやってきた！」

「それは本当ですか？」

「ステータスプレートで確認した！　魔法使いだ！」

「おお！」

ゾゾと長が大袈裟に喜んだ。

どうして固有職持ちがやってきて嬉しいのかわからない俺は、ただ曖昧な顔をするしかない。

「おっと、これは失礼。集落の長をしておりますエスタと申します」

そんな俺の様子に気付いたのか、長は我に返って自己紹介をした。

「はじめまして、ツカサと申します。ゾゾさんには頼みたいことがあると言われて、やってきました」

「実は集落の傍でシルバーウルフという魔物が出現しました。数頭であれば、我々でも撃退できるのですが、群れとなると中々に難しく……固有職持ちのツカサ様に退治をお願いできないでしょうか？」

固有職持ちということで何となく想像していたが、やはり魔物の退治らしい。

森の中で人の足跡以外にも多くの狼の足跡があった。それがシルバーウルフのものなのだろう。

「この集落に固有職持ちの方はいないのですか？」

「いない。ここにいるのは全員【村人】だ」

尋ねると、ゾゾは首を横に振った。

どうやら俺が思っている以上に、この世界では固有職は希少なようだ。

ゾゾの先程の口ぶりと照合するに、このような辺境にはほぼいないと考えていい。

職業の恩恵もなく魔物と戦うことが、どれだけ困難かを俺は経験している。

魔物の群れを相手に、小さな集落の者だけで撃退するのは難しいだろう。

必死になって俺に頼んでくるわけだ。

「シルバーウルフとは、どのような魔物か聞いても？」

尋ねてみると、エスタとゾゾが説明してくれる。

銀色の体毛に鋭い牙と爪を備えた狼の魔物。俊敏な動きをし、とても鼻が利くのだとか。

冒険者ギルドで定められた危険度は下から二番目のE。

レベル五程度の村人でも連携をとれば打ち倒すことはできるようだ。

「どうか引き受けてもらえないでしょうか？　報酬はきちんとお支払いしますので！」

「頼む！　ツカサ！」

エスタとゾゾが頭を深く下げて頼んでくる。

高レベルの魔物であれば、俺の力を以てしても無理だったが、シルバーウルフのランクとレベルはそれほどに高くない模様。それならば転職師の力を上手く使えば可能かもしれない。

ただ村人の目撃情報によると、シルバーウルフは十頭以上はいるとのことだ。

そこだけが要注意だが、上手くやれば何とかなる気がする。

「わかりました。引き受けましょう」

「ありがとうございます！　ツカサ様！」

頷くと、エスタとゾゾが感極まったような顔になる。

俺はこの世界についてまったく知らない上に、お金や食料も住処もなしときた。

しばらくお世話になることを考えれば、最初に恩を売っておくに越したことはないだろう。

「それじゃあ、早速――」

意気揚々と外に出ようとしたが、盛大にお腹を鳴らしてしまった。

この世界に飛ばされてから数時間が経過し、時刻はとっくに昼だ。

最終面接の前ということもあって、軽めにしか朝食をとっていなかったからすっかり腹ペコだ。

「討伐の前に何か食べ物をくれないでしょうか？」

なんとも格好がつかない俺の言葉を聞いて、エスタとゾゾが若干不安そうな顔になった。

●

「よし、お腹も膨れた！　これで行ける！」

エスタの家で昼食をいただいた俺はすっかり元気を取り戻していた。

ついでに新しい衣服もくれたので、随分と動きやすい。

現在は一般的な村人の服に革鎧を装備しており、腰には剣を佩《は》いている。その上に外套といった装いだ。

どうにもコスプレ感が拭えないが、そこは慣れるしかない。

森を歩くのにビジネススーツというのは、あまりにも動きにくいからな。

そんなわけで準備万端になった俺は森の中を歩いている。

集落にやってくるまでに通ってきた道をなぞっているだけなので、足取りに迷いはない。

それにしても改めて観察してみると、この世界の植生は不思議だ。

見たことのない形をした植物ばかりだ。

ギザギザした葉っぱに黄色い花。植物に対して博識なわけではないが、どんなものかまるで推測ができなかった。どんなものなのだろう？

ちょっとした好奇心を発揮し、俺は転職師の力を行使する。

「転職《ジョブチェンジ》、【鑑定士】」

鑑定士。あらゆる物の価値を見定めることのできる職業。人に使用すれば、ステータスを覗き見ることも可能。ただし、レベル差によって情報量は変動する。

鑑定士の力があれば、わからない謎の植物について知れるだろう。

「鑑定！」

スキルを使用すると、視界に植物の情報が浮かび上がった。

『ドズル薬草』

切り傷や火傷といった症状にとても良く効く薬草。

すり潰して乾燥させると薬の材料にもなり、低位の治癒ポーションの原料でもある。

どうやらこのドズル薬草というのは、傷に対して効果のある薬草のようだ。

薬にもなるし治癒ポーションの原料になるというのであれば、採取しておいて損はないだろう。

現在、俺は一文無しなのだ。お金になるものは少しでも集めておいた方がいい。

それに転職可能職業の中には薬師や錬金術師も含まれていた。

仮に集落で売ることができなくとも、転職を果たして自分で薬やポーションを作るのもアリだろう。色々と夢が広がるな。

そんなわけでドズル薬草を次々と摘み取ってポーチに収納。

森の中にはドズル薬草と非常によく似た植物も生えているが、鑑定スキルのお陰でいちいち迷うことはない。的確にドズル薬草だけを手に入れていく。

ああ、鑑定士とは何と便利な職業なんだろう。戦闘職ではないために、戦闘能力は皆無であるが、使いどころによっては非常に有用だ。

これさえあれば、この世界について疎い俺でも確実に情報を手に入れることができる。

「でも、わからないものがある度に鑑定士に転職をするってのも不便だな」

魔法使いのままで鑑定とかできないものだろうか？

前世のファンタジーゲームでも職業を選択し、レベルを上げて違う職業に、あるいは上位職に転職を果たすものがあった。

剣士から魔法使いに転職したとしても剣士だった頃のスキルは受け継がれ、魔法使いでもスキルとして使用することはできた。

ゲームのようなこの異世界でもそれと同じようなことはできるのではないだろうか？　現に鑑定士となった今でも、魔法使いとしての魔法の知識や行使方法を忘れているなんてことはない。

鑑定スキルによってMPを微かに消費しているが、魔法使いのパッシブスキルによるMP自然回復向上によって一瞬で回復している。

これは転職を果たしても、前職の能力やスキルが引き継がれている証にほかならない。

つまり、鑑定士であっても魔法は使えるはずだ。

試しに鑑定士のままに魔法使いとしての能力を行使してみる。

「岩槍《ストーンランス》」

地面にある土を利用して、岩の槍を生成。

「うん？　思っていたよりも小さい？」

魔法使いと同じ感覚で発動したつもりだったが、思っていた以上に小さい。

魔法の操作を誤ったか？　しかし、現に岩槍は生成できている。

俺は気にせずにそのまま魔法を放ってみることにした。

岩槍は真っすぐに飛んでいき木を見事に粉砕した。

「できた！」

鑑定士でありながら魔法を使えたことに喜びを感じた。

しかし、体内にある魔力がかなり持っていかれた気がした。

名前　アマシキ　ツカサ
ＬＶ２

種族　人族
性別　男
職業【鑑定士（転職師）】
ジョブLV1
HP　53
MP　470／540
STR　39
INT　47
AGI　32
DEX　29

気になってステータスを確認していると、MPがかなり減っていた。

「岩槍一発でMPが五十も減っているのか⁉」

魔法使いから鑑定士に転職した消費MP二十を引くと、単純にそういう計算だ。

魔法使いとして発動すれば、今の土槍ではMPを十程度しか消費しないはずだ。

それなのに鑑定士として発動した時は五倍のMPを消費している。

「やっぱり、その固有職に合った能力やスキルを使うのが一番なのか」

魔法使いは魔法を使い、鑑定士は鑑定をする。

それぞれの得意分野が異なり、それに特化しているのは当然だ。

そうでなければ固有職の意味がない。

思っていた以上に、岩槍が小さかったのもその影響だろう。

だが、違う職業のままでも、あらゆる職業の能力やスキルが行使できるというのは大きな発見だ。

消費ＭＰが膨大というデメリットはあるものの、それを大きく補うメリットがある。

剣士でありながら魔法を繰り出し、魔法使いでありながら剣技を繰り出す。戦いの幅を広げることもできるし、不意打ちにだって使用できる。

まさか相手も鑑定士が魔法を放ってくるとは思わないだろうしな。

とはいえ、今のままではかなりリスキーな戦い方だ。

俺のＭＰは多い方であるが、その力を何度も使用してしまえばあっという間に枯渇してしまう。

そのためにもレベルをもっと上げてＭＰを増やさないとな。

４話　ステータスの上昇値

能力の確認のために消費したＭＰをパッシブスキルで回復させると、狩人へと転職してシルバーウルフを探すことにした。

狩人の観察眼を使って痕跡を追っていくと、すぐにシルバーウルフを見つけることができた。

集落の近くに出没していただけあって、本当に割とすぐのところにいたな。

数は三頭。エスタが教えてくれたように銀色の体毛をした狼だ。

大きさは一メートル五十センチくらいあるだろう。

シルバーウルフ
LV3
HP　36
MP　4／4
STR　22
INT　13
AGI　26
DEX　10

鑑定士に転職し、鑑定してみるとステータスを覗き見ることができた。

三頭とも鑑定してみたがステータスは似たようなものだ。AGIだけが高く、それ以外は軒並みに低い。

突出しているAGIであっても俺よりも低いのだから、敵いそうになかったら逃げることも難しくないだろう。これならいける。

鑑定を終えると、俺は魔法使いに転職。

さすがに森の中で火魔法を使うのは怖いので、先ほど使用した岩槍を選択。

先程よりも大きな三つの岩槍を生成すると、三頭のシルバーウルフに射出。

射出された岩槍は二頭のシルバーウルフの頭を貫いた。

しかし、残りの一頭には横腹に刺さっただけで即死とはいかなかった。

俺の存在に気付いたシルバーウルフが鋭い眼差しを向けて、駆けてくる。

魔物の殺意に呑まれそうになったが、俺はなんとか手をかざしてもう一度岩槍を飛ばす。

それはこちらに跳びかかってきたシルバーウルフの頭蓋を貫通し、吹き飛ばした。

おそるおそる近寄ってみると、見事に事切れていた
今度こそ死んだことに俺は安堵の息を吐く。

それと共に脳内でレベルアップの音がした。

緊張感の後に流れる軽快な音が、なんとも言えない。

名前　アマシキ　ツカサ
LV3
種族　人族
性別　男
職業【魔法使い（転職師）】

ジョブLV2
HP　58
MP　500／560
STR　43
INT　55
AGI　36
DEX　31

確認してみるとレベルが三になっており、基本ステータスが向上していた。

その中でもやはり目覚ましい発展をしているのはMPだ。その次はINTだろう。

転職師としての職業の補正なのか。

あるいは魔法使いになって魔物を倒している影響だろうか。

魔法使いとして魔法で倒してばかりいるので、それに準じたステータスが上がっているというのは可能性としてあり得る。

たとえば、剣士で魔物を打ち倒し、レベルアップをするとHPやSTRなんかが大幅に上昇するのかもしれない。

次は他の職業で戦ってレベルアップを果たす検証をやってみても良さそうだ。

他に特筆するべきところはジョブレベルが上がっていたことだろう。

しかし、こちらはレベルが二になったからといって変わったことはない。もう少し上げ続ければ恩恵があるかもしれないので、こちらは次に期待しておこう。

ステータスの確認が終わると、シルバーウルフの討伐証明である牙を剥ぎ取っておく。

ただの野良犬とは違って、存在感が段違いだった。

攻撃をした俺に向かって本気で殺しにかかってきていた。平和な日本ではあり得ない命のやり取りだ。

だけど、怯んでいる場合じゃない。ここは日本のような平和な場所ではないのだ。

魔物という人を襲う存在がいて、人々は常に脅かされている。

生き残るためには殺されないように強くなるしかない。

などと考えていると、戦闘音や匂いで嗅ぎつけたのかさらにシルバーウルフがやってきた。

数は八頭。さっきの二倍以上の数だ。

先程の三頭は斥候のような役割を担っていたのかもしれない。

これからシルバーウルフを探すつもりだったので、向こうからやってきてくれたのは好都合だ。

俺は瞬時に土魔法を発動。八つの岩槍を生成して、それぞれに一つずつ射出する。

先頭を走っていた三頭が頭を撃ち抜かれて地面を転がった。

中衛にいたシルバーウルフ二頭には横っ腹に突き刺さるのを目視。

あれでは即死には至らないか。と思いきや、横っ腹に当たった二頭もバタリと倒れてくれた。

よく見てみると、俺の岩槍が身体を貫通していた。

どうやらレベルが上がったことにより、魔法の威力が大きく向上したようだ。

しかし、悠長に喜んではいられない。一気に五頭を片付けることができたが、後ろの三頭には躱《かわ》されてしまった。

シルバーウルフの走る速度はとても速く、開いていた距離が一気に詰まっていく。

もう一度魔法を発動して仕留めるという選択肢もあるが、これだけ近距離になるとリスクが大きい。

俺は転職師としての能力を使用することにした。

「転職《ジョブチェンジ》、【剣士】」

転職を果たすと、身体の中から力がみなぎるのを感じた。

魔法使いの時よりもシルバーウルフの動きが鮮明に見え、飛び掛かってくる三頭の動きが手に取るようにわかった。

俺は腰に佩いていた剣を抜くと、そのまま三頭のシルバーウルフを斬る。

シルバーウルフから血しぶきが上がり、バタバタと地面に落下していった。

三頭とも事切れているのを確認すると、血糊を振り払って鞘に納める。

「これが【剣士】の力か……」

自分の身体とは思えないくらいに身体が滑らかに動いてくれた。

剣を振るうのは初めてだというのに、どのように身体を動かせばより力が乗るのか、効率的に動けるのかが感覚でわかった。

まるで自分が剣の達人になったかのようである。

これが剣士という固有職の恩恵なのだろう。
ホッと息を吐くと、頭の中でレベルアップの音が響く。

名前　アマシキ　ツカサ
LV4
種族　人族
性別　男
職業【剣士（転職師）】
ジョブLV2
HP　63
MP　520／580
STR　49
INT　58
AGI　40
DEX　34

「ステータスの上昇値が変わっているな」
MPの上昇値はあまり変わりないものの、魔法使いの時に大きく伸びていたINTの上昇値が少し悪くなった。

これは剣士としてレベルアップを果たしたことや、剣士としての経験値が含まれたことによる弊害であろう。

しかし、その代わりにSTRやAGIといった部分が大きな上昇を見せている。

「やはりレベルアップした時の固有職や、戦闘内容でステータスの上昇値が変わるんだな」

俺の思った通りだ。

MPやINTを大きく上げたいなら魔法使い。

STRやAGIを大きく上げたいなら剣士。

他にも盗賊や騎士といった職業に転職できるが、きっとそれぞれの職業によって上昇値は違うのだろうな。

これはいい発見だ。この世界や職業について知識が足りないので、今すぐに実行はできないが上昇させたいステータスをある程度コントロールできるというのは頼もしいことだ。

将来、ステータス上げの方針ができたら、狙ってやってみることにしよう。

さて、これで倒したシルバーウルフの数は十一頭。

エスタが言っていたシルバーウルフの数は十頭以上。

これで一つの群れを潰せたといってもいいのではないだろうか。

とはいえ、さっきのように斥候を担うシルバーウルフがまだいるかもしれない。

少数のシルバーウルフならば村人たちでも撃退できるみたいだが、やっぱりまだ残っていたというのは面白くない。やるなら仕事はきっちりとこなしたい。

そんなわけで討伐した八頭のシルバーウルフの牙を回収すると、他にシルバーウルフがいないか確認することにした。

そうやって歩き回っていると、ばったりと二頭のシルバーウルフと遭遇。

やはり他にも斥候を担うシルバーウルフはいたらしい。

遭遇戦になってしまったが、接近戦が得意な剣士なためにあっさりと倒すことができた。

牙を回収すると、同じようにまたシルバーウルフがいないか捜索。

小一時間程度捜索したが、シルバーウルフを発見することはなかった。

これ以上奥に踏み込んでもいるかはわからない。さらに突き進んでまた違う群れに遭遇し、呼び込んでしまうことはしたくない。

十三頭のシルバーウルフを討伐したのだ。エスタに頼まれた仕事は十分に果たしたと言っていいだろう。

「引き上げるとするか」

そんなわけで俺は来た道を引き返して、集落に戻ることにした。

道を戻ると、シルバーウルフの群れがいた場所を再び通ることになった。

てっきり他の魔物に食い荒らされているかと思ったが、特に荒らされた形跡はない。

討伐の証明になる牙とのことだったが、毛皮や肉なんかも使い道はあるのだろうか？

魔力も余っているので転職せずに、剣士のまま鑑定を行う。

「鑑定」

『シルバーウルフの毛皮』

サラリとした毛並みはとても肌触りが良く、暖かい。衣服や毛布として加工される。

『シルバーウルフの肉』

やや硬質であるが肉の旨みは十分。


どうやら毛皮や肉にも使い道があるようだ。

使い道がなければ土魔法で埋めてしまおうかと思っていたが、有効利用できるのであれば採取した方がいい。

「念動力《サイキック》」

俺は魔法使いに転職すると、シルバーウルフの遺骸を魔法で浮かせた。

「このまま持って帰ろう」

狩人に転職すれば、自分で手早く解体ができるだろうが、さすがに今日は疲れた。

シルバーウルフの解体は村人にやってもらうことにしよう。

そんなわけで俺は、シルバーウルフの遺骸を浮かべたまま集落に戻ることにした。

5話　素材の換金

「うわあ！　ツカサ、なんだそれは⁉」

夕方。集落に戻ってくると、ゾゾが大きな驚きの声を漏らした。

「なにって討伐したシルバーウルフですけど？」

「浮いているように見えるが魔法か？」

俺の周囲で浮いているシルバーウルフを見て、おずおずと尋ねてくるゾゾ。

固有職持ちがほとんどいない辺境なので、魔法が珍しいのかもしれない。

「念動力《サイキック》という魔法です。毛皮や食肉として使えると思ったので持ち帰りました」

「とにかく、よく無事に帰ってくれた！　これだけ倒してくれれば十分だ。長を呼んでくる」

シルバーウルフをドサリと地面に置くと、ゾゾはエスタを呼びに走っていった。

その間、俺はなにをするでもなく広場で待機する。

程なくすると、ゾゾがエスタを連れて戻ってきた。

「ツカサ様！　よくぞお戻りに！　無事にシルバーウルフを討伐されたとか！」

「持ち帰ってきたのは十一頭ですが、合計で十三頭を討伐しました。念のために付近を探索してみましたが、それ以上は見つかりませんでした。群れは潰せたと思います」

「おお、十三頭も！　ありがとうございます！　ツカサ様のお陰で助かりました！　改めてお礼を申し上げます！」

討伐証明の牙を提出しながら詳細を報告すると、エスタは喜び、深く頭を下げた。

俺たちのやり取りを聞いていたのだろう。おずおずと俺たちの様子を伺っていた集落の者たちが喜びの声を上げた。中には涙を流しながら抱き合っている者もいる。

戦力がまったくない集落にとって、魔物の群れがそれだけ不安だったのだろう。

「いえいえ、これが仕事ですから」

「それでも我々はツカサ様に救われたのです。本当にありがとうございます」

エスタだけでなくゾゾも再び頭を下げる。

ただ仕事をこなしただけだというのに、これだけ感謝されるのは初めてだ。

日本では仕事をこなすのは当然だった。

プロジェクトで大きな成果を上げたとしても、多少労《ねぎら》われるくらいでここまで感謝されたことはない。なんだかむず痒くて仕方がなかった。

何度も繰り返される感謝から逃れるために、俺は違う話題を振ることにする。

「討伐したシルバーウルフですが、解体をお願いできませんか？」

「それなら俺に任せろ！　解体は得意だ！」

頼んでみると、ゾゾをはじめとした集落の青年たちが解体に取り掛かってくれた。

「解体した素材はどうされますか？」

「買い取っていただけると嬉しいです」

多分、ここよりも街なんかに持ち込んで売った方が高く売れるだろうが、今はとにかく少しでもお金が欲しかった。

「助かります。シルバーウルフの毛皮はとても暖かく使い勝手がいいので。肉の方はいかがしましょう？」

「さすがに一人では食べ切れないので、皆さんで食べてもらって結構ですよ」

売りつける考えもあったが、生ものなために腐敗も早い。足元を見られることは確実だろうし、集落の皆に振舞って印象を良くする方がいいだろう。

「ありがとうございます。新鮮な肉は貴重なのでとても助かります」

肉がもらえると聞いて、エスタが俄然嬉しそうになった。

色々と切迫していたようなので肉を食べるのも久し振りなのかもしれない。

集落が一気に賑やかになってきた。

俺にもっと体力があれば交ざりたいところだが、さすがに少し疲れたな。

「すみません。少し休憩したいというか、よろしければどこかに泊めていただきたいのですが……」

「配慮が足りず申し訳ありません。あそこに旅人用の家がありますので、そちらで好きなだけ休んでいただければと」

「ありがとうございます。では、お先に失礼します」

エスタに指し示された民家へと移動する。

他の集落の者の家と変わらず、木製の一階建ての民家だった。

だだっ広いリビングに併設された台所。奥には寝室やトイレがあるのみ。

定期的に掃除がされているのか家の中は意外と清潔だった。

文明的なレベルは中世ヨーロッパといったところだろう。

便利な日本の生活に慣れていた身からすれば、大変不便を強いられそうであるが、きっちりと寝泊まりできるところがあるだけで嬉しい。

家に入るなり俺は荷物を置くと、ベッドへとダイブした。

無事に集落に入ることができ、住処もゲットすることができた。

異世界の滑り出しは順調と言っていいだろう。

ここでさらに魔物を倒して、レベルを上げてこの世界について色々と知っていこう。

今の俺はあまりにも知らなさすぎる。

と色々と考えていた俺だったが一気に疲労と眠気が押し寄せてきた。

ようやく安心できる場所にたどり着いてホッとしたのだろう。

さすがに今日は色々とあり過ぎたな。

色々と考えたり、やっておきたいことはあるが、今は身体を休ませることが先決だ。

俺は押し寄せる眠気に身を任せることにした。

●

ふと目を覚ますと、薄暗かったはずの部屋がすっかり明るくなっていた。

おかしい。まだ夜を迎えていない。もしかして、この世界には夜なんてものはないのか？

などと軽く混乱していると、扉がノックされた。

返事をしながら扉を開けると、そこにはエスタがいた。

「おはようございます。昨晩は熟睡されていたようなので起こしませんでしたが、よく眠れたでしょうか？」

「はい、お陰様でぐっすりと。どうやら疲れが溜まっていたようです」

ただ単に俺が熟睡していただけらしい。なんだかちょっと恥ずかしい。

「シルバーウルフの群れと戦われたのですから無理もありません。お節介ながら朝食がまだかと思い持ってきたのですが、いかがでしょう？」

エスタの差し出してきたトレーには、たっぷりと盛り付けられたミルクシチューにパン、サラダといったものが載っていた。素朴ながらもとても美味しそうだ。

「ありがとうございます。いただきます」

昨夜の夕食を食べておらず、起きたばかりで朝食もまだだった俺にはとても嬉しいものだった。

エスタから朝食を受け取った俺は早速リビングでいただくことにした。

「いただきます」

匙を使ってミルクシチューを食べる。

柔らかなミルクのスープに野菜の旨みが染み込んでいて美味しい。

ニンジンやタマネギ、ジャガイモといった具材がゴロゴロと入っており、食べ応えがあるのも高ポイント。家庭を彷彿とさせる素朴な味わいだ。

食べ進めているとやや硬質な食感ながらもジューシーな味わいのする肉があった。

もしかして、昨日討伐したシルバーウルフの肉だろうか？　食感と味は牛っぽいけど、ミルク臭さのようなものは感じられない。不思議な味わいだ。

焼いて食べるには少し硬そうだが、こうやってスープ料理に使えば普通にイケる。

単体で食べるとちょっと硬いパンも、ミルクシチューに浸すと柔らかくなり、シチューの旨みを吸ってとても美味しい。

お腹が空いていたこともあり、そうやって食べ進めると朝食はあっという間になくなった。

食器を返却するためにエスタの家を訪ねると、奥さんにトレーを回収されて奥の部屋に案内された。

「シルバーウルフを討伐してくださった報酬です」

ソファーに腰を下ろすと、対面に座ったエスタが革袋を渡してくる。

中を開けてみると、そこには銀貨が十三枚入っていた。

俺の知っている貨幣とはまったく違う。

「山に籠っていたために貨幣の価値に疎く、軽く説明をしてもらってもいいでしょうか？」

「そうですね。ツカサ様の事情ならば仕方ないことです。改めてご説明いたします」

尋ねると、エスタはこの世界の貨幣について教えてくれる。

鉄貨、銅貨、銀貨、金貨、大金貨と種類があり、鉄貨が十円。銅貨が百円。銀貨が千円。金貨が一万円。大金貨が百万円の価値があるようだ。

この世界での単位はゴル。つまり、鉄貨一枚で十ゴルと呼称するみたいだ。

「冒険者ギルドでもシルバーウルフの討伐報酬額は一頭につき銀貨一枚となっております。場所によっては勿論変動いたしますが、適正な価格は守っております」

報酬額の根拠が気になったが、どうやら冒険者ギルドが各魔物の討伐報酬額を発表しているようだ。エスタはそれを基準にしてきっちりと報酬額を決めているらしい。

もし、嘘をついて基準を下回るような報酬を出せば、その場所にやってきた冒険者や旅人が依頼を受けなくなってしまうのだとか。だから、こういった辺境でも律義に金勘定は守るみたいだ。

前世と違ってネットワークが発達していない分、口伝の情報が大事にされているのだろうな。

多少、支払いを値切られるかもしれないと思ったが、しっかりと払ってくれるようで何よりだ。

「それとこちらが毛皮の買い取り額になります」

報酬金を受け取ると、エスタが追加で革袋を差し出す。

そこには銅貨が五十枚ほど入っていた。

「一頭につきの買い取り額は、本来ならば銅貨八枚なのですが、戦闘の影響で傷ついてしまっているものも多くてですね……」

遠慮なく岩槍で貫いたし、剣で斬ってしまったからな。すべてが綺麗に剥ぎ取れるわけではないのだろう。

「素材についてあまり配慮していませんでしたから仕方がありません。こちらで結構です」

「ありがとうございます」

俺が納得するように頷くと、エスタはホッとしたような顔になった。

もう少しごねるかと思ったのかもしれない。

まあ、もっと釣り上げることもできただろうが、エスタはこの世界にやってきてはじめての交流だ。

お金も大事であるが、関係性にヒビを入れるようなことはしたくないからな。

ほどほどのところが大事だ。

6話　魔女の取引き

「ツカサ様、討伐を終えたところで、またお頼みするのも恐縮なのですが、もう一つ頼み事をできないでしょうか？」

シルバーウルフの報酬についてひと段落すると、エスタが改まった様子で言った。

「内容によりますがお聞きしましょう」

「シルバーウルフに襲われ、怪我を負ってしまった村人がおりまして、その者のために薬を作りたいのですが材料が足りません。ツカサ様にはドズル薬草という薬草を採ってきてほしいのです」

怪我人であれば、俺が僧侶に転職して癒すという手段もあるが、相手が薬を求めているのであれば、薬を提供するべきだろうか？　幸いにしてドズル薬草ならば持っている。

「ドズル薬草であれば、手元にありますよ」

「本当ですか？」

「ええ。昨日、シルバーウルフを探しながら採取しておいたんです」

ポーチに入れておいたドズル薬草を見せると、エスタは驚いたように目を見開く。

「なんと！　シルバーウルフの討伐と同時に採取まで行っていたとは！」

「いえいえ、たまたまです」

別に狙ってやっていたわけではない。なんとなく採取しておけば使えるかもといった程度だ。

言われなければ、忘れていたくらい。だから、そんなキラキラとした眼差しを向けないでほしい。

「では、薬師のところに持っていきましょう！」

「薬師？　この集落に固有職持ちがいるのですか？」

「いえ、薬を作れるというだけで固有職としての薬師ではありません」

思わず尋ねると、エスタが苦笑しながら答えてくれた。

なんだそういうことか。薬師の固有職を持っている者がいるのかと思った。

もし、そうであったら薬師について色々と聞くことができたのだが残念だ。

なんて個人的な俺の気持ちは放置するとして、手元にあるのであれば話は早い。

俺とエスタは急いで家を出て、集落で薬師と呼ばれる者の家に向かうことに。

薬師の家にやってくると、エスタは扉をノックした。

すると、中から返事が聞こえ、老婆が出てきた。

「ゲルダさん！　ちょっといいですか？」

「なんだい？　ドズル薬草がないと薬は作れないよ？」

ゲルダと呼ばれた老婆は、突然やってきたエスタと俺を睨みつける。

いや、睨みつけているように見えるだけで、これが老婆の平常スタイルなのだろう。

「それならあるんです。ツカサ様がドズル薬草を持っていたんです！」

「そういうことは早く言わないかい！　ほら、さっさと中に入りな！」

興奮したようにエスタが言うと、エスタと俺は老婆によって強引に招かれた。

家に入ると、複雑な香りが鼻をついた。

室内にはいくつもの薬草の束が吊られており、瓶に封入された植物などが陳列されていた。

「薬草！」

室内の様子に圧倒されていた俺はゲルダに言われて、慌ててポーチからドズル薬草を十本取り出して、テーブルに並べた。

ゲルダはそれらの一本一本を真剣な眼差しで見つめる。

「ふむ、間違いなくドズル薬草だね。これだけあれば、怪我人たちの薬を作ることができるよ」

「あの、薬師の固有職を持っていないのに薬を作れるんですか？」

「なにをすっとぼけたことを言ってんだい。知識と技術さえあれば、誰だって薬は作れるに決まってるだろう？　料理人の固有職を持っていなくても、あたしたちが料理を作れるようにね」

気になったことを尋ねてみると、ゲルダが呆れたように言った。

それもそうか。料理人の固有職を持っていなくても、俺たちは平然と料理を作ることができる。固有職じゃないからといって、物を作れないわけでもないし、戦えないわけではない。

「では、薬師の固有職を持っていると、どんな恩恵があるのでしょう?」

「あたしは固有職を持っているわけじゃないから詳しくは知らないけど、自然と薬の作り方がわかったり、効率的に採取や調合作業を進められるそうだよ」

知らないと言っておきながら、それなりに薬師について知っているゲルダだった。

固有職というのは、あくまでそれに関する知識や行動を大幅に強化し、効率的にこなすことのできるものなのだろうな。

「なるほど、ありがとうございました」

「それでは我々はここで――」

「待ちな」

エスタと共に退出しようとすると、ゲルダに引き留められた。

「そこのあんたは残って手伝いな。薬を作るにも男手が必要なんだ」

どうやら俺のことをご指名らしい。

「わかりました。手伝います」

まあ、薬師の固有職無しにどのように薬を作るかは気になっていた。固有職の勉強のために薬作りを学べるのは悪くない。

●

――ごりごりごりごりごりごりごりごりごりごり

室内でひたすらに薬草をすり潰す音が響き渡る。

ゲルダに手伝えと言われてから、俺はひたすらに乳棒で薬草をすり潰していた。

乾燥しているもの、生乾きのもの、生のもの、炒めたものと様々だ。なんだかドズル薬草と関係のないものまでやらされている気がする。

ドズル薬草を切らしていただけで、それ以外の薬草はたくさんあるようだ。

「次はこれだよ」

絶望していると、無情にもゲルダが次の乳鉢と薬草を積み上げた。

俺へのイビリなんじゃないかと勘繰りたくなるほどの拷問だ。

太陽がすっかりと中天に昇っているが、すり潰す薬草が減ることはない。

このままだといつまでたってもすり潰し役から解放されそうもない。

俺はこっそりと転職師としての力を解放し、魔法使いから薬師へと転職した。

すると、不思議と脳内に薬の知識が湧いてきた。

今すり潰している薬草が、どのような薬に必要なものかがわかる。同時にどうやってすり潰せば、効率的なのかもわかった。

薬師の力を借りた俺は、効率的に乳棒を動かして薬をすり潰していく。

「……あんた急に動きが良くなったじゃないか」

「ど、どうも」

薬師の補正によって作業スピードが大幅に上がったのが、すぐにわかったみたいだ。

ゲルダといえば、ドズル薬草を乾燥させるためか束ねている。

「ゲルダさん、今からそれを乾燥させるんですよね？」

「そうだよ。乾燥させてからじゃないと薬効が弱いからね」

「でしたら、私がすぐに乾燥させますよ」

ゲルダが訝しむ中、俺は薬師の能力ともいえる調合魔法を使った。

「乾燥」

すると、ドズル薬草が見事に乾燥していった。

すっかり乾燥したドズル薬草を見て、ゲルダが目を丸くし、それから険しい顔になった。

「……あんたツカサっていったね？　どうやって一瞬で乾燥させたんだい？　魔法使いにこんな魔法はなかったはずだよ」

「えっと、私の本職は転職師というもので、魔法使いから薬師に転職《ジョブチェンジ》して能力を使いました」

「……そんなふざけた固有職があるなんて聞いたことがないよ」

「やはり、転職師という固有職は一般的じゃないんですか？」

「一般的なわけがないさ」

薄々気付いていたが、転職師という固有職は一般的なものではないみたいだ。

辺境とはいえ、これだけ長く生きているゲルダが知らないというのだから、かなり希少、あるいは世界で俺だけの固有職なのかもしれない。

「固有職は生まれついて与えられるもので固定さ。一握りの天才が固有職を極めて、高みに至ることはあるらしいけど、固有職を変えるなんてことは不可能なのさ」

「え？　そうなんですか⁉」

固有職なんてものがある世界だ。

ゲームのように神殿や教会なんかで転職くらいはできるものだと思っていたが、そうではなかったらしい。

だとしたら、俺の転職師という固有職はかなりすごい能力であることになる。

「……力の使い方には気をつけな」

「はい、気をつけます」

これだけ便利な固有職だ。使い道は色々ある。完全に秘匿することは不可能であるが、明らかにする相手は選んだ方がいいだろう。

「さて、今のあんたが薬師なんだとしたら、これは頼もしい戦力だね？」

ゲルダが鋭い目をぎらつかせながら言う。

ただのお手伝いでこれだけ過酷なんだ。これ以上ハイレベルな作業を手伝わされるとなったら、どれだけ過酷なのか想像ができない。

「いえ、俺には固有職の力があるので……」

「ジョブレベルはいくつなんだい？」

「……一です」

「だったら尚更やるべきじゃないか」

「うっ」

「ジョブのレベルが低くても、知識と経験さえあれば、作れる薬草の種類はかなり増える。命あっての世界だ。薬の知識を学べるのは、あんたにとっても悪い話じゃないだろう？」

イヒヒと怪しい声を上げながら交渉を持ち掛けるゲルダは、どう見ても魔女だった。

7話　次のステップへ

森の中を探索していると、頭から鋭い角を生やした兎型の魔物。ホーンラビットを見つけた。

狩人のパッシブスキルでこちらの気配や足音が希薄になっているお陰か、向こうがこちらに気付いている様子はない。

ホーンラビットの肉はとても柔らかくてジューシーだ。

食卓を彩るために狩らない手はない。

俺は背中に装備した弓を手にし、矢をつがえる。

弓を扱うなら弓使いに転職するのが一番だが、狩人であっても弓や短剣といった武器の扱いには補正がかかるので、このままでも十分だ。

木の実を食んでいるホーンラビット目がけて狙いを定めると矢を放った。

すると、見事にホーンラビットの首に矢が突き刺さった。

狩人による潜伏からの死角からの一撃に、ホーンラビットは反応すらできなかったようだ。

パタリと倒れたホーンラビットはビクビクと手足を動かす。

短剣できっちりととどめを刺すと、脳内で軽快なレベルアップの音が響いた。

名前　アマシキ　ツカサ
LV8
種族　人族
性別　男
職業【狩人（転職師）】
ジョブLV5
HP　88
MP　760／760
STR　65
INT　72
AGI　66

DEX　40

ステータスプレートを確認すると、ステータスが向上していた。

ゲルダのところで薬の調合を手伝いつつ、森に入って適当な魔物を狩る生活を一週間送っていたので、レベルが三つほど上がっている。

狩人のジョブレベルが割と高くなっているのは、森の探索に便利なので頻繁に使っているお陰だろう。

しかし、俺の中で一番レベルが高いのは、ジョブレベル十となった薬師である。

ゲルダのスパルタともいえるしごきを受けて薬を使っていると、レベルが上がるわ上がるわ。

魔物を倒し、経験値を得ることでジョブレベルは上がるものと思っていたが、固有職によっては物作りでもジョブレベルは上がるようだ。

「にしても、ここ最近レベルの上がりが悪くなってきたな」

ホーンラビットの血抜き処理をしながら、ひとりごちる。

手伝い以外では、森に入って魔物を倒したりしているのだが、どうにもレベルアップの効率が悪い。

その理由はわかっている。

この辺りにレベルの高い魔物がいないこと。

俺のレベルが上がったせいで、単純にレベルが上がりにくくなったことである。

効率的にレベルアップを図るのであれば、もっとレベルの高い魔物が出現する場所に向かって、狩場を変えるべきなんだろうな。

大きな街には冒険者ギルドというものがあると聞いた。そこに登録して、冒険者として活動するのも悪くない。

今後の方針を考えながらホーンラビットを回収し、薬草を採取しながら集落に戻る。

すると、妙に集落の方が賑わっていることに気付いた。

広場に向かってみると馬車が停まっており、見慣れない男たちが商品を売っていた。

「もしかして、行商人ですか？」

「ああ、ここじゃ手に入らない物を売ってくれるんだ」

顔見知りであるゾゾに聞いてみると、見事に当たっていた。

商品を覗いてみると、この集落では手に入らない食材や、香辛料、武具、布、糸などと幅広く売り出されていた。それらを集落の者たちが楽しそうに会話しながら買っている。

行商人ということは各地を旅しているのだろう。

当然、ここでの商売を終えると、次の場所に向かう。

それに同行させてもらえれば、道に迷うことなく移動できるかもしれない。

そろそろこの集落を出るべきかと考えていた矢先に、行商人がやってくるとは非常にタイミングがいい。運命的な何かが、俺に次の場所へ向かえと言っているのではないかと思えた。

次のステップに進むべきだ。

そう感じた俺は行商人に声をかけることにした。

「すみません、代表の方はいますか？　相談があるのですが」

「代表のジゼルです。私に何かご用ですか？」

商売をしている者に声をかけると、馬車の中からやや恰幅《かっぷく》のいい金髪の男が出てきた。

俺たちよりも上質な衣服を着ており、代表者であるのも納得の貫禄だ。

「はじめまして、ツカサと申します。ジゼルさんは、ここでの商売を終えた後、どちらに行かれるのでしょう？」

「二日後にラッセルという街に向かうつもりです。もしや、ラッセルまでの同行を希望されますか？」

どうやら行商人に同行するのは、ありふれた相談のようだ。話が早くて助かる。

「はい、できれば一緒に向かわせてもらえればと」

「構いませんよ。ただ、こちらから報酬を出させていただきますので、我々の護衛をしてもらえませんか？　固有職持ちのツカサさんがいると、我々としても非常に心強いのです」

おや？　固有職持ちだと明かしていないのに知られている？

商売をしながら集落の情報を手に入れたということだろうか。

さすがは行商人だ。情報を仕入れるのは早いな。

同行の対価として護衛を買って出ることも視野に入れていた。ジゼルの提案はこちらにとっても悪い話ではなかった。

「わかりました。道中の護衛は任せてください」

「ありがとうございます。出立は明後日の朝なので、よろしくお願いします」

契約成立の証に俺とジゼルは握手をする。

どうやらこの世界でも握手をする文化はあるようだ。

「ツカサ、この集落を離れるのか？」

ジゼルと別れると、ゾゾが寂しそうな顔で尋ねてくる。

「はい、相談も無しにすみません。もっと外のことを知って、強くなりたいと思ったんです」

「気にすんな。ツカサの人生はツカサのものだからな。いなくなるのは寂しいが、ツカサの選択を俺は尊重するぜ」

ゾゾはにこっと笑うと、背中を押すかのように肩をパンと叩いた。

なんて気持ちのいい奴なんだろう。

この世界で初めて会えた人物がゾゾで良かったと思う。


ゾゾと別れの挨拶を交わした俺は、エスタの家にやってきた。

この集落から出て行き、次の街に移ることを伝えるためである。

「……そうですか。ラッセルに行かれますか」

話をすると、エスタが少し残念そうに呟いた。

この集落にやってきて彼には大変お世話になった。

家もない上に泊まれる場所を用意してくれ、時に料理の差し入れをしてくれた。

何より、この世界についてまるで知らない俺の質問にも、嫌な顔せずに丁寧に答えてくれたのが嬉しかった。

「エスタさんには、大変お世話になったというのに申し訳ありません」

「いえ、ツカサ様には集落の危機を救っていただけただけでなく、たくさんの貢献をしていただきました。むしろ、お世話になったのは私たちの方ですよ」

「そう言っていただけると、こちらも嬉しいです」

「ツカサ様はこのような辺境の集落で収まる方ではありません。ラッセルでもどうか頑張ってください」

「はい、ありがとうございます」

エスタへの挨拶を終えると、次はゲルダの家だ。

「フン、そうかい。だったら、今のうちに知識を叩き込んでおかないとね」

こちらはゾゾやエスタと違って大して寂しがった様子はない。

出立まで日がないことを知ると、それまでに知識を叩き込むと奮起された。

大して手荷物などない俺は準備もこれといってなく、出立のギリギリまでゲルダの薬草作りのお手伝いをやらされることになった。

●

二日後。行商人たちがラッセルの街に出立することになった。

そこに護衛として同行することになった俺は、早朝に家を出てジゼルと合流。

少ない荷物を載せると、手早く馬車の荷台に乗り込んだ。

集落の出口にはゾゾ、エスタ、ゲルダといったお世話になった人たちの他にも、たくさんの集落の人たちがいた。

「まさか、こんなにも見送りの人がいるとは……」

「集落の恩人の出立ですから当然ですよ」

思わず呆然とした声を漏らすと、エスタがどこか誇らしげに笑った。

軽く挨拶をした程度、数回会話した程度の人もわざわざ見送りにきている。

人間関係の希薄な日本では考えられない光景だ。

俺なんかのためにここまで集まってくれたことに感激の気持ちが湧いてくる。

異世界に飛ばされて初めてやってきたのが、ここの集落で良かった。

「ツカサ様なら問題ないかと思いますが、道中には気を付けて」

「またなー！　ツカサ！」

「次会う時は、もっと腕を上げておくんだよ」

「はい！　また会いましょう！」

最後の挨拶を交わして、馬車に乗り込んだ。

「よろしいですか？」

どうやらジゼルたちの準備は既に整っていたらしい。

気を利かせて待ってくれたようだ。その心遣いが嬉しい。

「はい、お願いします」

これ以上、会話していると気持ちが鈍ってしまいそうだ。

俺が頷くと、ジゼルが御者に指示を出す。

すると、御者が鞭をしならせて、馬のいななき声が上がると馬車はゆっくりと進みだした。

後方では集落の人たちが手を振ってくれたので、俺も見えなくなる最後まで手を振り続けた。

8話　ラッセル到着

「ツカサさん、ラッセルが見えました」

馬車に揺られ続けること一週間。ジゼルが窓の外を指さしながら言った。

窓から顔を出して見てみると、前方には大きな外壁が見えていた。

「おー！　あれがラッセル！」

さすがに大きめの街だけあって、立派な外壁だ。

あれだけ分厚い外壁があると、魔物たちも容易に近づくことはできないだろう。

外壁の前には俺たちと同じような行商人や旅人が列をなしている。

出入り門では騎士のような鎧を装備した者たちがおり、入場する者たちをチェックしているようだ。

ああいった手続きを見ると、なんだか心配になってくる。

俺は異世界人だ。

この世界独特の身分証やら、書類を出せと言われても所持していないので困る。

本当に街に入れるのだろうか？

不安になった俺は、思わずジゼルに尋ねてしまう。

「あの、街に入るのに特別に必要なものはあるのでしょうか？」

「ステータスプレートを提示し、百ゴルの通行料を支払えば問題ないですよ」

それだけでいいのかと思ったが、自分から突っ込んでややこしくする必要はない。

「あれ？　並んでいる人の中には入場料を払っていない人がいますが？」

先に入っていく人を観察していると、ステータスプレートとは違ったカードを見せており、明らかにお金を払っていない人がいた。

「ああ、あれは冒険者の方ですね。彼らのように冒険者ギルドに登録し、ギルドカードを貰っている者や、私たちのように商人ギルドに所属している者は通行料が不要なのです」

懐からステータスプレートとは違ったカードを取り出しながら説明してくれるジゼル。

どうやらそういったギルドに登録すれば通行料は免除されるようだ。

頻繁に仕事で出入りするのに、その度に通行料を取られていてはやっていられない。

だとすると、免除のために誰もが登録しそうなものだが、その辺りは各ギルドも対策しているのだろうな。

「ツカサさんは、ラッセルではどのように過ごすおつもりで？」

「とりあえず、冒険者になってみようかと思います」

俺の目的は、すべてのジョブを極めること。

数多のジョブレベルを上げ、キャリアを獲得して、いい生活を送ることだ。

異世界だろうと方針に変わりはない。

ジョブを極めるためには、一部の固有職を除いて魔物を倒す必要がある。

討伐依頼をこなし、報酬がもらえる冒険者という職業は俺の目的とピッタリなのだ。

あと個人的には久し振りにフリーで活動できるというのがいい。

ここ最近はずっとどこかの企業に所属し、縛られる生活を送ってきたからな。

そんなわけで、ここしばらくの方針はフリーの冒険者として活動することだ。

「なるほど。魔法使いであるツカサさんであれば、大活躍できるでしょう。頑張ってください」

リスキーに思える活動方針であるが、道中で襲ってきた魔物を退治している俺の姿を見ているジゼルはバカにした風もなく純粋に応援してくれた。

日本ではフリーになろうものなら、バカにされたり、引き留められやすい風潮が強かったので、こういったジゼルの反応は実に心地いいものだった
そうやって会話をしていると、俺たちの順番となる。

「ステータスプレートを表示してください」

「はい」

騎士に言われて俺は素直にステータスプレートを見せる。

そこには名前、レベル、職業といった簡易的な情報しか記されていないために、手続きで見せることに嫌悪感はない。

魔法使い（転職師）と表示される職業欄であるが、他人に見せる時は魔法使いだけが表示されているので安心だ。

「……固有職持ちとは珍しい。冒険者志望か？」

「はい、しばらくはラッセルで冒険者活動をしたいと思っています」

「それは頼もしいことだ。街の一員として歓迎するよ。是非とも頑張ってくれ」

まだギルドに登録していないので、通行料である百ゴルを払うと快く通してくれた。

固有職を持っているだけで、かなり愛想が良かったな。

この世界では、固有職を持っているということは、それだけで一目置かれることなのだろう。

ジゼルたちも商人ギルドのカードを見せると、あっさりと通される。

検問を越えると俺たちは馬車で門を潜り、街に入ることができた。

「ツカサさん、ここまで護衛してくださりありがとうございました」

「いえいえ、私もちょうど移動したかったので助かりました」

ジゼルとの契約はラッセルまでの護衛だ。

無事に到着できたことによって契約は終了となり、ジゼルから護衛報酬を貰った。

「ジゼルさんたちは、これからどうされるのです？」

「私たちは商品を仕入れたら、すぐに商売に出ます」

「街で休んだりはされないのですか？」

「本当はゆっくりと食事でもしながらツカサさんとお話ししたかったのですが、申し訳ありません。あちこちに物を運んで商いをするのが、我々行商人ですから」

ジゼルとは一週間の旅路で打ち解けることができた。最後に軽く食事くらい行きたかったが、どうやら彼らはすぐに仕事に戻るようだ。

かなり忙しないが、それが行商人というものなのだろう。

「わかりました。ジゼルさんたちも頑張ってください」

「はい。ツカサさんのご武運を祈ってます。またご縁があったら」

ジゼルはにっこりと笑うと、馬車に乗って去っていった。

「さて、俺もギルドに向かうか」

ラッセルのどの辺りに冒険者ギルドがあるかは、ジゼルに聞いてある。

門から続く大通りを真っすぐに進んでいけばたどり着ける。

ジゼルの言葉を思い出しながら俺は真っすぐに進んでいく。

街には石畳が敷き詰められており、煉瓦作りのような建物が並んでいた。

大通りには明らかに猫のような耳や尻尾を生やした獣人や、長い耳に非常に整った顔立ちをしているエルフ、蜥蜴《とかげ》が二足歩行して歩いている見た目をしたリザードマンなどがいた。

エスタやジゼルから人間以外の種族がいると聞いてはいたが、こうして目の前で異種族が歩いている姿を見ると驚いてしまうな。

通りの左右には店舗が並んでおり、立派な武具が並べられていたり、たくさんの雑貨や食料などを並べている店もあった。

本当にゲームのような世界だ。

ラッセルの街並みに見惚れながら歩いていると、やや開けた場所にたどり着いた。

そこにはどでかい二階建ての建物があり、冒険者と思われる武具を纏った者たちが出入りしていた。

多分、あれが冒険者ギルドだろう。

歩いていけばすぐにわかると言われたが、本当にすぐにわかったな。

大きな二枚扉をくぐって中に入る。

ギルド内は開けた造りをしており、入ってみるととても広々としている。

文明レベルは日本と比べるとかなり低い異世界だが、ギルドの内部はかなり清潔だ。

エントランスが清潔な企業は信用できる。これまでの経験から、ここのギルドはそう悪くない場所だと思った。

中央には帽子に制服を身に纏った職員らしき者たちがおり、そこで冒険者の応対をしてるようなので後ろに並んだ。

やがて並んでいた冒険者がいなくなり、俺の番となった。

9話　冒険者登録

「ようこそ、冒険者ギルドラッセル支部へ。私は職員のルイサと申します。本日はどのようなご用件でしょうか？」

見事な営業スマイルを浮かべてくれたのは、セミロングの髪をした同年代くらいの綺麗な女性だ。髪色がブラウンなので、ちょっと日本人っぽくて親しみを持ちやすいな。

「はじめまして、ツカサと申します。本日はこちらで冒険者登録をしにきました」

「冒険者登録ですね。かしこまりました。登録料として五百ゴルのお支払いとステータスプレートの提示をお願いできますか？」

「わかりました」

登録料として銅貨五枚を支払い、ステータスプレートを提示する。

すると、プレートを確認したルイサが少し驚いたような顔になる。

「ツカサさんは【魔法使い】の固有職をお持ちなのですね」

「はい、ありがたいことに固有職を授かっています」

「年齢やレベルも問題ないですし、固有職があれば戦闘面での心配はありませんね。登録の手続きを進めさせていただきます」

どうやら一応登録できない条件もあるようだが、俺はそれらをすべてクリアしているので問題はなさそうだ。

「こちらの魔道具にステータスプレートを入れていただけますか？　ステータスプレートを元にギルドカードを発行いたします」

ルイサがテーブルに載っている箱みたいなものを差し出しながら言ってくる。

中央にはプレートの差し入れ口みたいなのがあり、はめ込むことができるようだ。

なんだか賽銭箱みたいだな。

言われた通りにステータスプレートを差し込んでみると、魔道具に魔法陣が浮かび上がり、微かな光を放ち始めた。

そして、光が消えると前面部にステータスプレートとは違ったカードが出てきた。

「ステータスプレートを回収していただいて結構です」

「はい」

「それとこちらが、ツカサさんのギルドカードとなります」

ステータスプレートを回収すると、出てきたギルドカードをルイサに渡された。

眺めてみると、そこには名前、種族、性別、レベル、固有職、ギルドランクなどが記載されていた。

良かった。〈転職師〉みたいなややこしい表示はされなかったみたいだ。

ステータスプレートを参考にしているだけあって、よく似ているな。

プラスチックのような材質をしているが多少力を加えただけで壊れることはなさそうだ。

「冒険者についてのご説明は必要でしょうか？」

「あらかた知人に聞いてはいますが、念のためにお願いいたします」

エスタやジゼルからそれなりに聞いてはいるが、何かしらの漏れやローカルルールのようなものがあるかもしれないからな。

「まずは冒険者のランクについてご説明しますね。ランクはS、A、B、C、D、E、Fと七段階に分けられており、その頂点に君臨するのがSランクです。当然上に行くのは容易ではなく、Sランクとなると限られた人数しかおりません」

Sランク。当然、ジョブホッパーである俺はその頂点を目指したい。

「やはり、そういった頂点に位置する方は固有職持ちなのでしょうか？」

「はい、その通りです。【竜騎士タイラン】【魔物使いオードニー】などが有名なSランカーですね。他にも冒険者ではありませんが、神殿騎士の【聖騎士スティーフィア】のような上級職についている方は、Sランカーと同程度の実力があると推測されます」

固有職を極めた先にあるとされるのが、【竜騎士】【聖騎士】といった上級職だ。

上級職への至り方は秘匿されているものであるが、転職師である俺はすべて把握している。現在はレベルとジョブレベルが足りないので不可能だが、いずれは上級職にも転職できるようになりたいものだ。

「依頼はあちらにある掲示板からご自身のランクにあったものを選んでいただきます」

ルイサの指さした先には大きな掲示板があり、何人かの冒険者が依頼書とにらめっこしているよ

うだ。

「通常なら、登録したばかりのツカサさんはFランクの依頼から始めるですが、ツカサさんは固有職をお持ちなのでEランクの討伐依頼を受けることも可能です」

本来はそのランクに見合った依頼を受けるようであるが、最初からズバ抜けた戦闘能力を有した固有職持ちは例外のようだ。いきなり討伐依頼を受けることができるらしい。

多分こういった措置は、今までに何人もの固有職持ちが冒険者として登録し、噴出した不満を受けてのものなのだろう。最初から実力があるとわかっているのに、遊ばせておくのもギルドとして勿体ないだろうしな。

一応、パーティーを組めば、一つ上までのランクの依頼を受けることができるらしいが、余程信頼関係のある仲間でもない限り、推奨されないようだ。

それもそうだ。魔物と対峙するのも命がけだからな。遠足気分で死地に連れ回し、冒険者に死なれるとギルドとしても困るだろう。

「ランクの昇格は依頼の達成や、倒した魔物によってギルドが決定いたします。また依頼の達成率が悪い場合は、降格処分もあります」

これも聞いていた通りだな。

冒険者ギルドは冒険者と依頼者を仲介する人材派遣企業のようなものだ。

そのランクに相応しくない者に依頼を受けさせ、失敗を繰り返させるわけにはいかない。

実力がランクに見合っていないと判断された者は、容赦なく降格させるというわけだ。

まあ、これは資本主義社会で揉まれていた俺にとっては日常茶飯事なので問題ないだろう。

他にもルイサは冒険者の注意点や、ギルドカードを紛失した場合の手続きなどの細々としたことを説明してくれる。

「何か気になるところやご質問はありますでしょうか？」

一通りの説明が終わると、ルイサが尋ねてくる。

基本は聞いていた通りのものだ。独自のローカルルールもないし、細かな注意事項も常識の範囲だ。特に気にすることはないだろう。

「いえ、大丈夫です。ご丁寧にありがとうございます」

頭を下げて礼を告げると、ルイサは目をぱちくりとさせた。

「……どうかしましたか？」

「いえ、ツカサさんは固有職持ちなのに随分と腰が低いので驚いてしまいました」

エスタにもそう言われたな。この世界の固有職持ちというのは、どれだけ鼻持ちならない奴が多いのだろうか。

まあ、生まれてこんな特別な固有職を持っていれば、他人よりも優れていると自覚してしまうのも仕方がないのかもしれない。

とはいえ、俺はそうはなりたくないものだ。

「すみません。変なことを言ってしまって。何かお困りのことがございましたらお気軽にご相談くださいませ」

「はい、その時はよろしくお願いします」

冒険者登録が済むと、俺は受付から離れて掲示板に移動する。

街に着いたばかりなのでいきなり依頼を受けるつもりはなかったが、どんな依頼があるのかは見ておきたかった。

掲示板を見てみると、様々な依頼書が張り出されている。

魔物の討伐、薬草の採取、街の清掃、荷運び、お使い、介護といった実に様々な依頼がある。

本当に冒険者というのは何でも屋のようだ。

変わったものだと固有職を指名した依頼なんかもある。

ジョブレベルアップの手伝いや、スキルの指導なんかもあるようだ。

俺の場合はそういった方面でお金を稼ぐこともできそうだな。

とはいえ、今はFランクなのでそれを受けるのは無理だ。ランクが上がった際に考えるとしよう。

全体的にランクが上がるごとに危険度が上がり、報酬金額も跳ね上がっている。

Aランク、Bランクにもなれば一回の依頼でかなりの金額が懐に入ってくる。

個人でこれだけ稼ぐことができるのもフリーならではの強みだろう。

ジョブホッパーとしての性《さが》か、ゴロゴロ仕事が転がっているのを見ると無性にワクワクとするな。

明日からは存分に依頼を受けて、キャリアアップを目指してやろう。

10話　虎猫亭

依頼書を一通り確認した俺は、冒険者ギルドの近くにある宿に向かった。

ジゼルにオススメされた宿屋で、俺は言われた言葉を思い出すように歩いていく。

すると、程なくして『虎猫亭』という看板のついた三階建ての木造建築を見つけた。

一階は受付の他に食堂が併設されており、ここでは食事ができるようだ。

清潔感があり、可愛らしい従業員がいるとジゼルにオススメされてやってきたのだが、果たしてどのような従業員がいるのやら。

ルイサのような綺麗な女性だろうか？　あるいは胸が大きく、とてもスタイルのいい色気のある女性が出てくるのか。

「いらっしゃいませ！」

などと考えながら中で待っていると、十歳にも満たない猫耳を生やした少女が出迎えてくれた。

……なるほど。これは確かに可愛らしい従業員だ。

「ここで泊まることはできるかい？」

「できるよ！　食事無しで一泊六百ゴル！　食事が欲しかったら食堂でその時に注文する感じ！」

「わかった。まずは七日分お願いするよ」

「えーと、七日だから四千二百ゴルだね！」

少女に言われ、俺は七日分の宿賃を先払いで払った。

元の世界の宿賃に比べるとかなり安いな。そこらで家を借りるよりも、宿暮らしの方が安く暮らせるかもしれない。

「ここに名前を書いてね！　文字が書けないなら代わりに書くよ！」

「大丈夫。自分で書けるから」

異世界の言葉や文字を学んだわけではないが、不思議とそれらを自然と扱うことができる。

俺は名簿に自分の名前を書いた。

すると、ノーラが俺の名前を見ながら部屋の鍵を渡してくれる。

「ツカサさんだね！」

「ツカサでいいよ」

「わかった。私はノーラ！　よろしくね！」

「よろしくノーラ」

無邪気な笑みを浮かべるノーラに釣られ、自然と俺の頬も緩んだ。

しかし、俺にそっちの趣味はない。イエスロリータ、ノータッチだ。

「ところで、ツカサはどうやってここを知ったの？」

「ジゼルさんっていう行商人に紹介されてやってきたんだ」

「ジゼルおじちゃんの紹介なんだ！　なら百ゴルまけておくね！」

だろう。

こんな可愛らしい獣人の少女に、そのように呼ばれてしまってはおじさんは見事に陥落すること
彼が激推ししていた理由がわかってしまった気がする。

ジゼルさん、そんな風に呼ばれているんだ。

「ありがとう」


想像していたのと方向性は違ったが、これはこれで悪くない。

ノーラから百ゴルを貰うと、階段を上がって部屋へ案内される。

「ここがツカサの部屋だよ」

二階の一番奥の扉をノーラが開けて言う。

中に入ってみると、シングルサイズのベッドやテーブル、イス、棚などが並んでいた。

日本で若い頃に住んでいたアパートよりも普通に広いな。

初めての宿暮らしだが、これなら快適に暮らせそうだ。

「とても綺麗な部屋だね」

「えへへ、毎日ちゃんと掃除してるからね！　汚かったり、変な臭いがする部屋は嫌だもん！」

ノーラが誇らしげに胸を張る。

褒められて嬉しいのか尻尾がフリフリと揺れていた。

なるほど。鼻が利く獣人だけあって汚い部屋や、臭い部屋は嫌なのだろう。

この宿が清潔な理由がわかった気がする。

匂いの話をして、俺ははたと思う。今の俺は臭くないだろうか？

一応、旅をしている時、魔法でお湯を出して身体を拭いていたがそれだけだ。

臭くないと言い張れる保証がどこにもない。そう考えると、ノーラの傍にいるのが途端に不安になってきた。

「……ねえ、この街にはお風呂に入れるような場所はあるかな？」

「近くに大衆浴場があるよ」

なんとなく今の俺の気持ちを察したのだろう。ノーラが苦笑しながら教えてくれた。

ベッドに寝転がって休憩するよりも先に、お風呂に入って綺麗になりたい。

「ありがとう。早速行ってみることにするよ」

ノーラに大衆浴場までの道順を教えてもらうと、大衆浴場に向かった。

●

ノーラに言われた通りに進んでいくと、十分もしないうちに大衆浴場にたどり着いた。

清潔感のある白い建物の中に入ると、男女別に分かれている。

異世界であろうと基本的な入浴システムに変わりはないらしい。

番頭に入浴料を支払って進むと、脱衣所にたどり着いた。

衣服を脱ぎ、鍵つきロッカーに放り込むと、タオル片手に準備万端だ。

扉を開けると、暖かい湯気に視界が覆われる。

やがて、湯気が晴れると、視界には広々とした浴場が広がっていた。

「おー！　想像よりも広いな！」

真っ先に目につくのは中央に鎮座している巨大な湯船だろう。
五十、いや百人は一気に浸かれるのではないかと思えるくらいに広い。
天井を支える柱には装飾が施されており、湯船の傍には雄々しい男性像が鎮座している。

巨大な湯船の他には中風呂、小風呂といくつも分かれている様子。

身体の大きなリザードマンもしっかりと浸かれるように深い湯船があったり、身体の小さなドワーフなんかが溺れないように浅い湯船なんかも用意されていた。

異種族もお風呂を楽しめるように配慮がなされているらしい。

異世界でのはじめての浴場にはしゃぎたくなるが、浴場では静かにが暗黙のルールだ。

手前にある洗い場に座ると、蛇口みたいなものが設置されていた。

妙なボタンがついているのでボタンを押してみると、そこからお湯が出てきた。

蛇口に微かに魔力が感じられるので、内部に魔法陣が刻まれており、そこでお湯へと変換されるのだろう。

こういう道具を確か魔道具と言っていたな。科学文明が劣っているので生活レベルが心配だったが、こういった道具が発達しているのであれば、異世界での街暮らしも意外と快適そうだ。

桶にお湯を注ぐと、バシャッと身体にかけた。

やはりお湯を浴びるのは気持ちがいい。

お湯を含ませたタオルで拭くのとでは、爽快感が段違いだ。

そのままバシャバシャとお湯をかけると、目の前にボトルのようなものが鎮座しているのが見えた。

シャンプーやボディソープの類は設置されていると案内版に書いてあったが、もしかしてこれらがそうなのだろうか？

シャンプーはピンク色をしているし、ボディソープは緑色の液体だ。

人間の身体に使っても大丈夫なのだろうか？


『ミルキィシャンプー』

ミルキィの体液を使って配合されたシャンプー。

香りが良く、泡立ちがとても良い。洗浄力が高く、全体的にまとまりがいい。


『ウォシュラボディソープ』

錬金術師によってウォシュランの実を使って配合されたボディソープ。

肌に優しく、ふんわりしっとりと仕上がる。人間族にオススメ。


思わず心配になって鑑定してみると、シャンプーとボディソープの情報が出てきた。

どちらもきちんとした素材を使っており、成分もいいみたいだ。

というか、錬金術師ってこういった身近な道具なんかも作ったりするんだな。

ミルキィの体液というのが非常に気になるが、鑑定ではどんな生き物なのかは辿ることができない。

まあ、効果は鑑定がしっかりと保証してくれているので、深く考えないことにして使おう。

ミルキィシャンプーを手に取ってみると、柔らかい花の香りがした。

きつい匂いをしているわけでもないので男から漂っても、嫌みがない香りだった。

お湯を加えていくと泡立ちが良く、洗い流すと俺の黒髪はすっかりとツヤを取り戻したような感じがした。原料はよくわからないが効果はしっかりとあるようだ。

ボディソープも色こそグロテスクなものの、しっかりとした洗浄力はあり、洗い流した後にはしっとりとした肌に生まれ変わっていた。

さすがは錬金術師の作った道具といったところか。

大衆浴場で設置されているものでこのレベルなので、本腰を入れて作ったものはもっとすごいのかもしれないな。

洗い場でしっかりと身体を洗い終わると、俺はいよいよ巨大湯船へと足を入れた。

深く身体を沈めると、ほぼ全身がお湯に包まれた。

「はぁ～、気持ちいい」

思わず漏れてしまう感嘆の声。

旅の疲れが一気に流れ出していくようだった。

体内の血管が拡張して、しっかりと血流が循環しているような気がする。

やっぱり、ちゃんとお風呂に入らないとな。

周囲を眺めると、俺以外にもお湯に浸かってほっこりとしている人たちがいる。

表情がよくわからないリザードマンなんかも、ここではどこか弛緩《しかん》した表情をしているように見えた。

ところで、リザードマンの身体ってどうなっているのだろう？　妙な好奇心が湧いてきたが、同性とはいえまじまじと裸を見るのは失礼だ。さすがに自重しよう。

久し振りのお風呂は、控えめに言って最高だった。

11話　薬師の解放スキル

翌朝、虎猫亭で朝食を食べるために一階にある食堂へと向かう。

食堂にやってくると滞在客らしき人たちが、自由に席について朝食を食べていた。

「ツカサ、おはよう！」

「おはよう、ノーラ」

給仕をしているノーラと朝の挨拶を交わす。

ビジネス以外でこうやってフレンドリーに挨拶をするのは、随分久し振りなような気がした。

「昨日はよく眠れた？」

「ああ、お陰様でぐっすりと」

昨晩は風呂帰りに屋台の食事を食べ、そのままベッドに入って眠ってしまった。

思っていた以上に旅の疲れが溜まっていたようだ。

「よかった。朝食はなに食べる？　オススメはボアステーキだよ」

「じゃあ、それで」

正直、異世界の料理はわからないものばかりだ。

色々と考えて悩むより、従業員であるノーラのオススメに従った方が良いだろう。

そんなわけで脳死でノーラのオススメを頼み、食事代として三百ゴルを支払う。

「毎度あり！　お父さん、ボアステーキ一つ！」

「ああ」

ノーラが声を上げると、厨房から低い声が響く。

視線を向けてみると、そこには大柄な体格をした獣人がいた。

タイプからするとライオンなのだろう。金色の荒々しいたてがみのような髪が特徴的だ。

他に給仕している女性を見ると、そちらはノーラと同じく可愛らしい猫耳をしている女性だった。

あちらが母親なのだろう。

なるほど。『虎猫亭』というのは、ライオン系である父と猫系である母とノーラのことを指しているのか。

そう考えると、宿の名前もしっくりとくるしわかりやすい。

何となく『虎猫亭』に親しみを覚えた瞬間だった。

「はい、お待たせ！　ボアステーキだよ！　鉄板が熱いから気をつけて！」

なんて考えていると、ノーラが朝食を運んできた。

鉄板の上で大きなステーキが鎮座しており、じゅうじゅうと音を立てていた。

サイドメニューとしてサラダとパン、野菜スープも付いている。

ボアステーキなので多分猪系の肉なのだろう。思っていたよりもボリューミーだ。

というか、割と重そうなのに小さなノーラはよく運べるな。

などと感心していると、両手に一つずつ持って違う客にも配膳していた。

幼くても立派に獣人というわけか。

「さて、いただくとするか」

ステーキは熱いうちに食べるのが一番だ。

ナイフで一口サイズに切り分けると、フォークで熱々のボアステーキを頬張る。

口の中に広がる圧倒的な肉の旨みと脂身。

猪肉のような味をしているが臭みはほとんどない。

味付けは塩、胡椒、ハーブと単純であるが、それ故に純粋に肉の旨みを感じられた。

料理人の腕がいいのだろう。

前の年齢なら胃もたれすること間違いなしだが、若返った影響か朝のステーキでも問題なく完食することができた。これが若さというものか。

●

虎猫亭で朝食を食べると、俺は冒険者ギルドにやってきた。

すると、朝から掲示板の前で冒険者が激しい依頼の取り合いをしていた。

「なんだこれは……」

「依頼書が張り出されるのは早朝ですから、この時間帯は特に混み合うんですよ」

想像以上の混雑具合に愕然としていると、昨日受付を担当してくれたルイサが苦笑しながら教えてくれた。

「依頼書を巡って殴り合いとかになってますが大丈夫なんです……？」

「いつものことですから」

乱闘騒ぎかと勘違いしそうになるほどの暴言と拳が飛び交っているが、ルイサは特に気にした様子はなくお淑やかに笑っていた。

あれくらいの暴力は日常茶飯事ということか。

荒くれものたちの対応をしているだけあって、ルイサの肝も据わっている。

「よろしかったらこちらの依頼を受けてみますか？」

罵り声が飛び交っている人混みに入っていくことにげんなりしていると、ルイサが一枚の依頼書を見せてきた。

「ああ、ドズル薬草の採取ですか」

シルバーウルフを退治する途中で見つけて採取したものと同じものだ。

どうやらこの辺りでも生えているらしい。

「ご存知でしたか？」

「はい、ここにやってくる途中で採取したことがあるので。これならやりやすいので受注します」

ちょうど薬師で試してみたいスキルがあったので悪くない。

「本当ですか！　助かります！　すぐに手続きをさせていただきますね！」

受注することを告げると、ルイサが嬉しそうな声を上げた。

「もしかして、ドズル薬草が不足していたりします？」

「需要は高いのですが、そこまで見つけやすい薬草でもないので不足しがちなんですよ。こうやって職員が配っている依頼は、ギルド的に消化して欲しい依頼だったりします……」

周りを見ていると、冒険者に依頼を勧めている職員がいた。

しつこく勧誘したり、脅しているような感じはまったくない。冒険者が嫌がればすんなりと引いている。

まあ、依頼に悩んでいたり、争奪戦に交ざりたくない場合は、ああいった一押しがあれば受けやすいのも確かだな。

「では、できるだけ多く採取してきます」

「ギルドとしては大変助かりますが、ツカサさんは固有職持ちとはいえ登録したばかりです。身の安全を第一にお願いしますね」

「はい。それでは行ってきます」

手続きを済ませると、俺はギルドを出てラッセルの近くにある森に向かった。

ラッセルの近くの森は、集落よりも木々が低いお陰で全体がすごく見やすい。

鬱蒼《うっそう》とした辺境の森を経験した俺にとっては、そこまで不便に感じない環境だった。

今の固有職は魔法使いだが、狩人になるまでもないだろう。

ドズル薬草は森の比較的浅い位置に生えている。この辺りであれば、あまり魔物は出現しないので安全だそうだ。とはいえ、外で絶対の安全なんてないことは言うまでもないだろう。

一応、周囲に魔物がいないか確認しつつ、森の中を歩いていく。

すると、程なくしてドズル薬草を見つけた。

念のために鑑定してみるも、間違いなくドズル薬草だった。

一本で五十ゴル。十本採取すれば依頼は達成だ。達成報酬として二百ゴルがプラスされるが、それだけではたった七百ゴル。虎猫亭の一日分の宿賃を稼ぐくらいが精々だ。

そう考えると、Fランク冒険者というのはまるで稼ぎにはならない。

今の俺にはエスタやジゼルからの報酬のお陰で多少はゆとりがある。

とはいえ、貯金を崩す生活というのは中々にストレスだ。

一度で通常以上の稼ぎを叩き出すか、一刻も早いランクアップが求められるな。

そのために使えるのが固有職の力だ。

「転職《ジョブチェンジ》、【薬師】」

俺は転職師の力を使って、数ある固有職の中から薬師を選択した。

薬師としての初期スキルは薬効の上昇、薬作成能力だったのだが、ジョブレベルが十に到達した瞬間に新しいスキルが解放されたのだ。

「薬草感知」

手に入れたばかりのスキルを発動してみると、体内の魔力がソナーのように放たれた。

すると、視界の中でところどころ赤いシルエットが確認できた。

近寄って確認してみると、それはドズル薬草だった。

薬師であるために鑑定するまでもなくわかる。

念のために二個目、三個目と確認してみると、どちらもドズル薬草だった。

「なるほど。これは採取したことのある植物を効率的に見つけ出せるスキルなのか」

ステータスウィンドウを開いて、スキルを確認してみると俺の推測通りだった。

ソナーとして魔力を放った範囲内の植物を感知できる。

ただし、採取したことのない植物なんかは感知することができないらしい。

試しにゲルダに教えてもらった他の薬草なんかで薬草感知を行ってみたが、反応はまるでなかった。他にも魔物や植物とは関係ない素材なんかは感知することができないようだ。

感知範囲はソナーとして飛ばす魔力量や薬師のジョブレベル、ＩＮＴによって変動するらしい。

「これがあれば薬草採取の依頼は無敵だな！」

俺は薬草感知を使って、次々とドズル薬草を採取していく。

他の雑草や薬草に紛れるように生えているものや、木の裏などの死角にあるものでも薬草感知があれば見つけ放題だ。

俺は次々とドズル薬草を見つけ、採取していくのだった。

12話　薬草採取の成果

「お帰りなさいませ、ツカサさん。ドズル薬草は採取できましたか？」

「はい、今採取したものを納品しますね」

ラッセルの冒険者ギルドに戻ってきた俺は、午前中に採取したドズル薬草の成果を見せることにした。

カウンターの上に大きな袋をドンと置くと、ルイサが目を丸くした。

「あのツカサさん？」

「ここにドズル薬草が二百本ほど入っています」

「いや、さすがに午前中だけだと不可能では……」

「確認してみてください」

「か、かしこまりました」

ルイサが疑念のある顔をしながら袋を開けてドズル薬草を一本ずつ確認していく。

さすがに量が多いせいか、他の職員も一緒に確認してくれた。

「二百六本、すべてドズル薬草……ですね」

集計が終わると、ルイサが愕然としたように呟いた。

手伝っていた職員も目を見開いて驚いている。

「そうですか。それは良かった」

「ええ？　こんな短時間で一体どうやったのですか？」

固有職持ちとはいえ、魔法使いでは到底無理な数だ。

ルイサが思わず尋ねてしまうのも無理はない。

とはいえ、転職師のことを話すわけにもいかない。

「辺境の薬師に厳しい教えを受けまして、薬草採取は得意なんです」

「薬師に教えを……？　それならばあり得るのでしょうか？」

ルイサは固有職の方の薬師だと思い込んでいるみたいだが、ゲルダは固有職持ちではない。

が、信憑性を上げる意味では勘違いしてくれた方が好都合だ。

俺は特に否定はせずににっこりと笑った。

しばらくはブツブツと漏らしていたルイサであるが、近くにいる職員に小突かれて我に返る。

「すみません、取り乱してしまって。規定量の採取が確認できました。依頼は達成となります。残りの百九十六本もまとめて売却されますか？」

「はい。売却でお願いします」

ドズル薬草は一本五十ゴル×二百六となると、全部で一万三百ゴルか。

そこに達成報酬の二百ゴルがプラスされて一万五百ゴル。

Fランク冒険者の午前中だけの稼ぎと考えると、かなり破格だろう。

他にも並行して薬草採取を受けて、大量に採取していけばもっと効率的に稼げる。

薬草採取の依頼だけで十分に生活していけるレベルだな。

ルイサから金貨一枚と銅貨五枚を受け取ると懐に仕舞う。

薬師の固有職があるからとゲルダに散々こき使われ、心の中で悪態をついたこともあったが、お陰でかなりの稼ぎを叩き出すことができた。

これもゲルダのお陰だ。

彼女の言っていた通り、薬師のジョブレベルを上げることは無駄ではなかったな。

心の中で俺はゲルダに感謝する。

薬師のお陰で思っていた以上にドズル薬草の採取が早く終わってしまった。

まだまだ仕事をやる時間はあるな。

報酬を受け取った俺は掲示板へと移動する。

早朝は混雑していたがこの時間になると混雑していない。

『キリク草の採取依頼』

『スベールの採取依頼』

じっくりと眺めると、ゲルダに教えてもらった薬草の採取依頼があった。

キリク草は解毒薬や解毒ポーションの材料になる解毒草で、スベールは非常に使い勝手のいいハーブだ。若葉なんかはサラダやスープに使えるし、お茶にも使える。

どちらも使い勝手のいい薬草らしく、随時買い取りを受け付けているようだ。

「よし、これにしよう」

薬草の採取依頼を引っぺがすと、俺はルイサのところに持っていく。

「こちらの採取依頼をお願いします」

「もしかして、これらの薬草も大量に採取するおつもりで？」

「はい。色々と入り用なものですから」

爽やかにそう答えると、ルイサは引きつった表情を浮かべながら受注の手続きを進める。

討伐依頼を受けてレベルやジョブレベルを上げるのも先決であるが、まずはお金が大事だからな。

その日はキリク草を二百五十本、スベールを百八十三本ほど採取して、冒険者一日目の生活は幕を閉じた。

●

「ツカサさん、そろそろ討伐依頼を受けてみませんか？」

「へ？」

薬師による薬草感知スキルを駆使し、採取依頼をこなすこと四日。

ドズル薬草とキリク草、スベールの集計を終えたルイサが、そのようなことを申し出てきた。

「でも、最初はこういった採取依頼からこなしていくのがいいんじゃないですか？」

登録した時に、ルイサは固有職であろうとも地道に採取依頼や、お使いなどをこなしてステップアップすることを勧めていた。

それなのにたった四日でいきなり討伐依頼を勧めてくるとは、どんな心境の変化だろう。

「普通の冒険者ならそうなのですが、ツカサさんは明らかに異常です！　なんですか！　半日で何百本もの薬草を採取してくるFランク冒険者なんて聞いたことがないですよ！」

「そうなのですか？」

「そうなんです！」

小首を傾げると、ルイサがバンッとテーブルを強く叩きながら言った。

ルイサの思わぬ大声に職員や冒険者から注目が集まる。

ルイサはハッと我に返ると、澄ました声で「失礼しました」と一礼をした。

さすがはギルド職員。立ち直りも早かった。

「討伐依頼と言いますが、ラッセルでは薬草が不足しているのではなかったのですか？」

薬草採取によるお金稼ぎにすっかりとハマってしまった俺としては、突然討伐をしろと言われても気乗りしない。

薬師になって黙々と採取を続けるのも意外と楽しいのだ。

「……ツカサさんのお陰ですっかりと満ち足りました。その件については、とても感謝しています。しかし、ツカサさんがただのFランク冒険者ではないことは明らかです。実力のある者をくすぶらせておくのをギルドは良しとしません。ランクアップのために討伐依頼をこなしませんか？」

などと思っていたが、ルイサの言葉に俺は大きく目を見開いた。

「ランクアップ!?　もしかして、討伐依頼をこなせばランクが上がるのでしょうか？」

「はい。ツカサさんは固有職をお持ちですし、薬草採取の功績から、いくつかの討伐依頼をこなせば昇格させても問題ないとギルドは判断しています」

「受けます！　討伐依頼！」

キャリアアップが約束されているのだ。

採取依頼にハマっているとはいえ、討伐依頼を渋るわけがない。

すぐに昇格できるのであれば、どのような魔物が相手でも駆逐してみせよう。

「あ、ありがとうございます」

ジョブホッパーとしての性にすっかり火が点いてしまった。

そんな急変した俺の反応を見て、ルイサがちょっと引いた顔をしている。

いけない。重要な仕事の時こそ落ち着くことが大事だ。過去にそれで何度か足をすくわれている。

あの時のような悔しい思いは二度としてはならない。

俺は過去の屈辱を思い出し、深呼吸をして気持ちを落ち着かせた。

「それで、どの討伐依頼を受ければいいのでしょう？」

「コボルトの討伐依頼とレッドボアの討伐依頼です」

ルイサから二枚の依頼書を提示される。

確認してみると、どちらも標準レベル五程度。

俺のレベルはすでに八だし、固有職の力もあるので問題ないだろう。

達成条件はどちらも五頭ずつだ。

「では、二つとも受注をお願いします」

「いきなり二つですか⁉　いや、魔法使いのツカサさんなら問題ないですね。くれぐれも気を付けてくださいね」

Eランクへの昇格をかけた討伐依頼を二つとも受注すると、俺は冒険者ギルドを出た。

13話　ランクアップのための依頼

コボルトとレッドボアの討伐依頼を受けた俺は、再びラッセルの近くにある森にやってきた。

薬草採取で頻繁に出入りした浅い地点は既に越えている。ここから先はいつ魔物と遭遇してもおかしくない場所になる。

とはいえ、魔物を討伐するのは初めてではない。

この世界に飛ばされて謎のカマキリの魔物に襲われているし、集落ではシルバーウルフを、道中でもいくつかの魔物を討伐してきた。

その点を考えると、俺は既に初心者冒険者という枠組みを越えているのかもしれないな。

コボルトとレッドボアはどちらも比較的遭遇しやすい魔物と聞いた。

さて、どちらが先に見つかるか。

「はっ、いけない。すっかり薬草を採取していた」

魔物を捜索していたが、薬師になってひたすら薬草を採取していた影響で無意識に薬草を摘んでいた。

討伐依頼と並行して採取をこなすのは冒険者として鉄板の稼ぎ方だが、今回はランクアップのかかった大事な討伐依頼だ。

非常に気にはなるが、今は討伐に集中することにしよう。

断腸の思いで視界に映るドズル薬草の採取を切り上げる。

その瞬間、後方にある茂みがガサリと音を立てた。

振り返ると、茂みからは真っ赤な体表に鋭い牙を生やした猪が一頭いた。

もしかして、レッドボアだろうか？

「鑑定」

レッドボア
ＬＶ４

HP　48
MP　12／12
STR　26
INT　10
AGI　24
DEX　19

鑑定士に転職して、ステータスを覗き見る。

すると、予想通り討伐目的であるレッドボアだった。

今朝、虎猫亭でボアのステーキを食べたのだが、もしかしてコイツの肉だったりするのだろうか？　などという思考がよぎったが、今はどうでもいいので脳から追い出す。

ルイサが説明してくれた通りのレベルだな。

全体的なステータスはシルバーウルフと似たようなもの。

HPやSTRがちょっと高めなくらいだ。どれも俺のステータスよりも大幅に下回っている。

だからといって油断していいわけではない。ステータスに差があろうとも凶悪な牙に貫かれてしまえば、致命傷を負う可能性だってあるからな。

なんて考えていると、こちらの姿を視認したレッドボアが足で地面を掻く動作をした。

明らかに突進のための前動作。

「岩槍」

俺はすぐに鑑定士から魔法使いに転職を果たし、土魔法を放った。

すると、こちらに向かって突進をしてきたレッドボアの頭部に突き刺さる。

急所である頭を貫かれたレッドボアは、バランスを崩して倒れた。

「問題なく倒せたな」

討伐証明であり、売却値が高い牙を二本もぎ取ると、次のレッドボアを求めて歩く。

すると、すぐに二頭のレッドボアを見つけた。

こちらは番なのかこちらを見つけるなり、息を合わせたように二方向から突進してくる。

近接職なら一度攻撃を躱して反撃の隙を窺うところであるが、魔法使いには必要ない。

二方向の土を杭のように隆起させて、レッドボアをまとめて始末した。

レッドボアは直進的な突進を得意とする魔物だ。

こちらに向かって一直線にやってきてくれるのであれば、そこに合わせて魔法を飛ばせばいいだけだ。

照準をつける必要も躱されることもないので、魔法を放つのに神経を使わずに済む。

機動力の高いシルバーウルフよりもＳＴＲとＤＥＸが高いレッドボアであるが、それを容易に突破できる分、圧倒的に楽な相手だった。

そんな感じで残りの二頭も見つけて同じように魔法で討伐した。

「これでレッドボアの討伐依頼はクリアだな」

討伐証明である牙を採取しながらひとりごちる。
すると、頭の中でレベルアップの音が鳴り響いた。

名前　アマシキ　ツカサ
LV9
種族　人族
性別　男
職業【魔法使い（転職師）】
ジョブLV6
HP　91
MP　750／795
STR　68
INT　92
AGI　68
DEX　42

ステータスを確認すると、レベルと魔法使いジョブレベルがアップしていた。
固有職になっている場合は、通常のステータスの上昇値は大きかったが、ジョブレベルも上がるとさらに恩恵は増すようだ。

いつもよりもMPとINTの上昇が大きいように感じられる。

順調にレベルとジョブレベルが上がってきている。

にしても、自らの能力が数値化され、目に見えて向上しているのがわかるっていうのはいいな。

色々な資格や経歴を並べるよりも、よっぽどシンプルでわかりやすい。

「よし、レッドボアの次はコボルトだな」

一つの討伐依頼を達成した俺は、次の討伐依頼をこなすべく動き出した。

●

コボルトはレッドボアと違い、森の少し奥まった場所にいる。

鬱蒼とした木々が増え、野道が増えだしたところでそれらしい魔物を三体見つけた。

身長は百二十センチほどで、手には槍を所持している。

一見して人型の犬が歩き回っていて可愛らしく思えるが、隆起した筋肉やぎらついた視線を見るとまったく可愛さを感じないな。

コボルト
LV4
HP　27

MP　8／8
STR　28
INT　12
AGI　22
DEX　17

鑑定してステータスを覗き見ると、やはりコボルトだった。

特に特筆すべきステータスはない。

しかし、相手ははじめての人型であり、武器を手にしている。

それに三体で固まっている様子から、ある程度連携するだけの知能を備えているとわかる。

シルバーウルフやレッドボアのような単純な獣と思ってかかると、痛い目を見るので注意が必要だな。

よし、相手はこちらに気付いている様子はない。

魔法使いに転職し、魔法を放って一気に先手を取ろう。

そう考えた俺だが、ふと自らのステータスの偏りが気になった。

それもそうだ。今の俺は戦闘の時に魔法使いを多用している。レベルアップ時に加算されるステータスが固有職に左右されるのであれば、魔法使いに最適化されたステータスになるのは当然だ。

悪い結果ではない。

しかし、俺は転職師だ。

一つの固有職に固執する必要はなく、臨機応変に固有職を使い分けて戦えるのが強み。

魔法使いばかり使ったせいで、前衛職に転職した時に力が発揮できないというのは困る。

それに一度転職して獲得した能力やスキルは、違う固有職に転職しても引き継がれるシステムだ。

切り札は少しでも多い方がいい。

できるだけ多くの固有職に触れておくのがいいだろう。

ゲームでは均等にステータスを上げたり、職業を上げるのは悪手とされるが、転職師や継承されるスキルを考えると例外になるだろう。

どうせ最終的にはすべてのジョブを極めるつもりだ。今のうちに新しい固有職に慣れておいて損はない。

幸いにして相手はおあつらえ向けに武器を持っている。まずはそれを奪わせてもらおう。

「転職《ジョブチェンジ》、【盗賊】」

盗賊は隠密や罠の設置、解除などを得意とする固有職だ。

剣士などの前衛職に比べると、火力こそ低いものの手先がとても器用になり、スタン攻撃などを繰り出して相手の動きを止めることができる。所謂補助寄りの前衛職だ。

その中でもっとも凶悪なのはその名を表すスキルに他ならない。

パッシブスキルの忍び足を利用し、相手に悟られないように距離を詰める。

「窃盗《スティール》！」

コボルトの死角に回った俺は、手をかざして盗賊のスキルを放った。

すると、コボルトの手にあった木の槍が、俺の手に収まっていた。

「ガウウ⁉」

手にしていた槍を奪われてしまったコボルトは激しく動揺していた。

つい先程まで手にしていた装備が急になくなってしまったのだ。驚くのは当然だろう。

これが盗賊の代名詞といえるスキルだ。

相手の装備を奪うことができる。

何を奪えるかはランダムではあるし、失敗することもあるが、気付かれずに発動すると成功率は大幅に上がるのだ。

まあ、俺とコボルトのレベル差を考えれば、真正面からでも成功するのは当然だな。

とはいえ、盗賊は短剣や鞭を得意とするだけで、そこまで槍の扱いが得意というわけではない。

そういうわけで槍を奪った俺は、それを得意とする専門職に転職することにした。

「転職《ジョブチェンジ》、【槍使い】」

槍使いは高い白兵戦の技術と、卓越した槍さばきを持ち味とした固有職だ。

槍など手にしたことのなかった俺だが、転職した瞬間にまるで手足の一部のように感じられた。

試しに回してみると、意のままに動く。どれくらいの重さをしており、どのように傾ければ重心がずれて動いてくれるのか手に取るようにわかった。

「よし、いける」

槍の感触を確かめた俺は、コボルトたちのところに一気に飛び込んだ。

槍をなくしてうろたえているコボルトの喉に一突き。

喉を貫かれたコボルトは何が起きたかもわからないというように目を見開き、血を流して崩れ落ちた。

襲撃を受けたと理解した二体のコボルトが、左右から槍を手にして襲い掛かってくる。

俺はコボルトから槍を一気に引き抜くと、コボルトの攻撃を槍で防ぐ。

槍で弾き、流し、槍を起点にして身体を動かして躱す。

槍使いになったからこそわかる。コボルトたちの槍の使い方はまるでなっていない。

基本的ともいえる槍の握り方、使い方、足さばき、それらのすべてがダメダメだ。

ただ長い得物を振り回しているだけ。槍の長所をまったく活かせていない。

槍使いになって槍の扱いがわかるからこそ、稚拙な槍の扱いにモヤモヤとする。

「槍っていうのは、こうやって使うんだ！」

不満を爆発させるように叫び、遠心力を利用した殴打をコボルトの首に。

ゴキリという骨の感触を感じながらも、そのままエネルギーを殺さないように反対側のコボルトの足を払う。

足をすくわれて宙に浮いた隙だらけのコボルトに、俺は上段からの振り下ろしを叩き込んだ。二体のコボルトはピクリとも動くことはない。

討伐を確信した俺は討伐報酬の牙を剥ぎ取った。

コボルトの肉は食べられるわけでもなく、目ぼしい売却素材もないのでそれ以上の剥ぎ取りはしない。

俺は槍使いのまま森の中を探索し、続けて二体のコボルトを討伐。

こうして俺はギルドでのはじめての討伐依頼を達成するのであった。

14話　ランクアップ

レッドボアとコボルトの討伐を終えた俺は、冒険者ギルドに戻ってきた。

「レッドボアとコボルトの討伐を確認しました。おめでとうございます。これでツカサさんはEランクに昇格です」

討伐証明である素材を提出すると、ルイサがそのように言ってくれた。

「ありがとうございます」

「軽いですツカサさん！　このギルドに登録して五日もしないうちにランクアップされたのは、ツカサさんが初めてなんですよ⁉　ものすごい快挙なんです！」

ぺこりと頭を下げて礼を言うと、ルイサが大きな声で言ってくる。

かなり興奮してるのか、大きく身を乗り出しており顔が近い。

「固有職を持っていれば、別に珍しいものではないのでは……？」

早速、Ｅランクになれたことは嬉しいが、下から二つ目のランクだ。

大喜びするのはなんか違うと思った。

「固有職を持っているからといって、速やかに依頼をこなせるわけではないんですよ？　他の支部の最短昇格記録でも十日はかかっているんです」

「そうなんですね」

「そうなんです！」

ふむ、様々な固有職の力を使って、圧倒的な功績を叩き出した俺だからこそ、異例の昇格速度のようだ。確かに剣士の固有職を持っていても、薬草採取や清掃なんかに活きてくるわけでもないしな。

Ｆランクから<ruby>Ｅランクの一般的な昇格速度がどのようなものか知らないので実感が湧かないが、ルイサの熱弁具合からなんとなくすごいことはわかった。

「とはいえ、まだＥランクになりたてなので。これからも精進して、Ｄランクを目指していこうと思います」

「相変わらずツカサさんは謙虚ですね」

そんな俺の言葉を聞いて、ルイサが柔らかな笑みを浮かべる。

謙虚に言っているが、心の中では満足していない。

もっとレベルを上げて、ステータスを上げるんだ。

より多くのジョブを極めて、キャリアアップを目指す。

Ｅランクなどはじめの一歩に過ぎない。遥か高みであるＳランクを目指すんだ。

「Eランクからは討伐依頼も増えますので、お金が貯まりましたら魔力回復ポーションや治癒ポーションなどの常備をオススメしますよ」

などと熱い思いを秘めていると、ルイサがサラッと重要なことを言った。

ポーション。錬金術師が作り出す魔法のアイテムで、飲むだけで魔力を回復したり、傷を癒すことができる。

簡単な依頼ばかりこなしていたので、今まではあまり必要としていなかったが、これからの活動を考えると持っていた方がいいだろう。

僧侶に転職すれば、自分の傷を癒すことはできるが、戦闘では相手がそんな時間をくれるかがわからない。

ルイサの言う通り、保険として持っておいた方がいいな。

錬金術士に転職すれば自分で作れるだろうが、勉強のために現物を見るのはアリだ。

「それはどの辺りで販売されていますか？」

「冒険者ギルドを出て、大通りを真っすぐに北上したところに錬金術師の経営するポーション屋がありますよ」

「もしかして、固有職をお持ちの方ですか？」

「ええ。まあ、はい。ポーション作りの技術は確かな方ですよ」

おお！　この世界にやってきて初めて固有職を持っている人の情報を聞いた。

後学のために親交を深めたい気持ちはあるが、どうにもルイサの歯切れが悪い。

固有職は鼻もちならない者が多いと聞いたけど、もしかして性格に難があるのだろうか。

まあ、その辺りは会ってみないとわからない。

ルイサから簡単な地図を貰った俺は、早速ポーション屋に向かってみることにした。

●

地図を頼りに北上してみると、ルイサの言っていたポーション屋らしきものを見つけた。

「うわあ……」

店舗を見上げた瞬間、思わずそんな声が漏れてしまった。

区画の一画だけ明らかに建物の質が違うのである。

大きなガラスが張られており、店内は大理石で造られている。

それだけならまだしも、店内の至るところに金の装飾や像が飾られているのだ。

悪趣味としか言いようがなかった。

それでもここにポーションがあるのであれば、確認する他ない。

店内に入ると、いくつものガラスケースが並んでいた。

「なんだか宝石店みたいだな」

ケースの中にはたくさんの液体の入った瓶が陳列されている。

恐らくこれがポーションなのだろう。

説明書きを見てみると、翡翠色の液体をしたものが治癒ポーションのようだ。

右から順番にランク一、二、三と並んでおり、数字が上がるにつれて濃度が上がっている。

ランク一は多少の傷や骨折まで治せる。

ランク二は複雑骨折、中程度の怪我なんかを治せる。

ランク三は大きな怪我や切断された手足なんかを修復できる。

なんとも治せる基準が曖昧だが、ランクが上がるごとに効果が劇的に上がるみたいだ。

「ランク一のポーションで金貨十枚⁉　高っ！」

治癒ポーションの値段の高さに思わず、そんな声が漏れてしまった。

ランク二になると金貨三十枚。ランク三になると金貨五十枚。

保険と勉強のために持っておこうくらいの気分でいたがとんでもない。十分に財産になるような値段だ。

薬草採取で荒稼ぎできた俺でも全財産は金貨十四枚ほど。ランク一の治癒ポーションをやっとこさ買えるレベルだった。

あれだけ稼いだ俺でこの状態というわけなら、普通のFランク、Eランク冒険者ではランク一すら買うのは難しいだろうな。

「うちのポーションに何か不満でも……？」

俺の声が聞こえてしまったのだろう。

髭を生やした恰幅のいい男性が近づいてくる。

俺の言葉を聞いて、不満という態度を前面に押し出してくる。

「すみません。Eランクになって、はじめてポーションを見にきたもので、値段に驚いてしまいました」

「フン、これだから低ランクの冒険者は困るのだ。原材料だってタダではないのだ。希少な素材を集め、錬金術師である我輩が調合してやっているんだ。そこその値段はして当然だろう？　むしろ、良心的な値段設定をしている我輩に感謝してほしいものだ」

失言を謝罪したが、店員は侮蔑の視線を向けながら憤慨した。

謝罪しているのにそこまでの言葉を飛ばしてくるのか。なんだか嫌な奴だ。

というか、コイツが【錬金術師】の固有職を持っているのか。

その後も錬金術士の男は、自らがどれだけ立派であるかを主張してきたので、俺は社会人として培ってきたスルースキルを発動すると、ある程度満足したのか去っていった。

固有職のタメになる話は欠片もなかったな。

俺と同じ固有職持ちということで軽く話をしてみたいと考えていたが、さっきの言葉を聞くとまったく仲良くしてみたいとは思えなかった。

これが固有職持ちの一般的なイメージだとすると、エスタやルイサが微妙な顔をしていたことにも頷けるというものだ。

錬金術師の男がいなくなると、俺は再びポーションを眺める。

翡翠色をした瓶の他に水色の液体が入ったポーションがある。

こちらは魔力回復ポーションのようだ。治癒ポーションと同じようにランク分けがされているが、こちらはべらぼうに高いというわけでもなかった。

さすがに命を救うポーションと魔力を回復させるポーションは同列にはできないと考えたのだろう。こういうちょっと賢い塩梅を攻めているところにちょっと腹が立つな。

その他に眺めてみると、力のポーション、俊敏のポーションといった一部のステータス値を一時的に引き上げることのできるポーションや、水中呼吸ポーション、暗視ポーション、爆破ポーションなどの補助となり得るポーションもあった。

想像以上にポーションの種類が豊富で驚きだ。

そういったポーションも気になるが、やはり一筋縄ではいかない値段だ。

転職して固有職を切り替えることのできる俺のことを考えると、やはり優先度が高いのは治癒ポーションや魔力回復ポーションだ。

しかし、それらはかなり高い。

この先、装備だって揃えたいし、色々と入り用になってくる。

ここでほぼ全財産を使い込んでランク一の治癒ポーションを買うのはかなりリスキーだった。何かあった時に一気に生活が苦しくなりかねない。

お金で買うには高いとなれば、やはり俺自身が錬金術師となって自作するしかないな。

俺はポーションの原料を調べるため、槍使いから鑑定士へと転職。

そして、目の前で展示されているランク一の治癒ポーションを鑑定。

『治癒ポーション　ランク一』

ドズル薬草、魔力水、ベースハーブを調合し、ガラス瓶に封入することでできる。

原価は二千ゴル。


めちゃくちゃ安く作れるじゃないか！

でも、それができるのは固有職を持った錬金術師だけ。固有職を持っていない者がごねたとしても、文句があるなら買うなと言うだけ。

それがわかっているから、あの錬金術師は強気な値段で販売しているのだろう。

きっと他の店でも同じような値段なのだろう。

錬金術師に転職すれば、ジョブレベルが一でもランク一のポーションが作れる。

だったら、お店で買うより自分で作ってしまう方がよっぽどいいな。

素材を集める手間や多少の道具の準備するコストを考えても、金貨十枚より遥かに安くつく。

それがわかったのであれば、もうこんなお店に用はない。

俺は何も買わずに、ポーション屋を出ることにした。

15話　錬金術師になってポーション作り

ポーションの作り方を知った俺は、市場で必要な素材を買って虎猫亭に戻ってきた。

「よし、ポーションを作るか」

ポーションが買えなければ、自分でポーションを作ってしまえばいい。

俺は数ある固有職の中から錬金術師を選択し、転職する。

「転職《ジョブチェンジ》、【錬金術師】」

素材を調合することによってポーションなどのアイテムを作り出せ、金属や鉱石の精錬ができる生産職である。

基本的な戦闘能力は低いが、アイテムを駆使した補助が得意な固有職だ。

錬金術師となった瞬間、作りたいと思っていたポーションの作り方がわかる。

まずは魔力水の準備だ。

鍋の中に綺麗な水を入れると同時に俺の魔力を注いでいく。

水に魔力を流し込みながら念動力を使って鍋を浮かせる。

火魔法で火球を生み出すと、その上に鍋を浮かせて加熱する。

魔法を扱うには魔法使いに転職するのが一番であるが、こういった小さな魔法なら少ない魔力消費で魔法を扱えるために転職する必要はない。レベルも上がって魔力もかなり増えたことだしな。

加熱されるにつれて魔力と水がドンドンと融和していく。

見た目上ではそれほど変化しているように見えないが、錬金術師の能力によってしっかりと把握できた。

本来であれば、ジョブレベル一の錬金術師だとここまで詳細に把握できない。

それなのに把握できているのは、恐らく俺が魔法使いとして魔力感覚を磨いてきたお陰なのだろう。

他の固有職の力を経験していたから、ここまで上手くできたのだろう。

やはり、転職師の力は偉大だ。

火球の温度を調節し、ギリギリ沸騰しないぐらいの塩梅で加熱しつつ、魔力をゆっくりと流し込む。

そうやって五分ほど様子を見ていると、水がほのかに淡い光を放ち出した。

水と魔力が見事に融和した証である。

魔力水が出来上がると、火球を解除してしばらく冷ます。

そうすることによって、より魔力と水の定着性が増すのだ。

その間にドズル薬草とベースハーブの下処理だ。

ポーションに使うための薬効成分はどちらも葉に含まれている。それ以外の部分はポーション作りには邪魔になってしまうので、花弁や根といった部分は切り落としてしまう。

冷ました魔力水を市場で買ってきた抽出機の中に注ぐと、そこにドズル薬草とベースハーブを入れる。

「粉砕」

錬金術師のスキルでドズル薬草とベースハーブだけが粉砕される。

そこで再び火球を生み出して、魔力水を加熱。今度は沸騰させる勢いでだ。

加熱されることによって砕かれたドズル薬草とベースハーブから薬効成分が溶け出す。

それを錬金術師のスキルで成分を引き上げてやる。

「薬効成分強化」

淡い光を放っていた魔力水とドズル薬草、ベースハーブの薬効成分が混ざり合い、液体の色が緑色へと変わっていく。

薬効成分がしっかり混ざり合っている証だ。

「成分固定」

混ざり合った水を沸騰させ、しっかりと煮詰めると最後に成分を固定。

出来上がった液体を市場で買ったポーション瓶へと丁寧に流し入れる。

そして、しっかりと蓋をしてやれば……。

「ランク一の治癒ポーションの完成だ」

念のために鑑定を使って調べてみると、きっちりとランク一の治癒ポーションだと表示された。

鑑定にも認められたのであれば、ちゃんとしたポーションだと胸を張って言えるだろう。

ドズル薬草は持っていたので、かかった費用は市場で買った鍋、ベースハーブ、ポーション瓶を合わせて二千ゴルくらいなものだ。

今作った分だけでポーション瓶十個くらいの量があるのでかなりお得だな。

店で買ったら二百万ゴルだが、自分で作ってしまえば、二千ゴルも必要ない。

これを大量に売りつけるというのだから、錬金術師というのはぼろい商売だ。

あの男が、あれだけお金のかかった店を持っているのも当然と言えるだろう。

治癒ポーションが完成すると、錬金術師のジョブレベルが一上がった。

こちらも薬師と同じようで作ったものに対しても経験値が入ってくるらしい。

初めての製作で治癒ポーションを完成させられたのが大きかったのだろう。

「よし、このままポーションを作りまくるか」

ジョブレベルが上がり、テンションの上がった俺は、そのまま続けてポーションを作っていくのであった。

●

ポーション作りに没頭した次の日。俺は市場へ向かっていた。

目的は昨日作り過ぎてしまったポーションを売るためである。

ポーション作りがつい楽しくなってしまって、気が付けば作ったポーションの数は六十を超えていた。

お陰でジョブレベルが一気に五にまで上がったが、一人で使い切ることは難しい。

ポーションにだって消費期限はあるので、新鮮な内にいくつかは売っておこうという算段だ。

とはいえ、ポーションというのは錬金術師しか作り出すことのできないアイテム。

錬金術師の固有職を持っているわけでもない者が売り込んでも、怪しまれるのは確実だろう。

そんな問題を乗り越えられる店を、俺は昨日の市場散策で見つけたのである。

大賑わいしている市場の通りから脇道にそれて進むことしばらく。

人の流れが緩やかなところに、小さなお店があった。

リゼル雑貨店と書かれており、店内には雑多な商品が置かれているのが見えた。

その中で注目するべきところは外看板に書かれている売り文句である。

『鑑定士います。素材やアイテムを鑑定し、適正な価格で買い取ります』

そう。ここには鑑定士の固有職を持った者がいるのだ。

鑑定士に鑑定してもらえれば、俺の作ったものがしっかりとした治癒ポーションだと理解してくれるだろう。

品質のいい現物があれば、変に疑われたり、門前払いされることはないだろう。

そんなわけで早速俺は店へ入ってみる。

扉を開けると、チリンチリンという涼やかな鐘の音が鳴った。

店内にはイス、テーブル、食器、衣服、小物、リュック、細工物とジャンルを問わず多彩な商品が並べられている。

ジャンルにはこだわっておらず、まさに雑貨店というようなラインナップであった。

「いらっしゃーい」

中を見て回ると、奥のテーブルで金色の髪をしたツインテールの少女が気だるげな声を上げた。

整った顔立ちに葉っぱのような形をした耳は、エルフ族の証だ。

しかし、整った美貌もテーブルに突っ伏して、気だるげな目をしていては台無しだった。

閑散としている店内から察するに、あまり儲かっていないのかもしれないな。

「すみません。買い取りをお願いしたいのですが……」

「買い取り？　何を売りたいの？」

「ランク一の治癒ポーションです」

買い取ってほしい品物を告げると、期待に満ちていたエルフの少女はあからさまにげんなりとしたものになった。

「あのねえ、外の看板見てなかった？　あたしは鑑定士の固有職を持ってるの。だから、偽物のポーションを売りつけようったって無駄よ」

「偽物を売りつけるつもりはありませんよ」

「嘘言わないで。だって、あなた魔法使いでしょ？　レベルの割にステータスはなんかバカ高いけど、高ランクってわけでもない。そんな人が治癒ポーションを売りにくるわけないわ」

やる気がないような態度をしていたが、きっちりと鑑定をしていたらしい。

ポーションを買い取ってもらうには錬金術師に転職するのが一番であるが、既に魔法使いとして噂が広まっているからやりづらい。

「では、ポーションの方も鑑定してもらえませんか？　偽物なのかどうか」

「そんなの偽物に決まって――」

溜め息を吐いていたエルフだが、俺が治癒ポーションを見せるなり顔色を変えた。

「え？　本物？　しかも十本とも？　どれもかなり品質がいいじゃない！」

鑑定でしっかりと本物の治癒ポーションだとわかったのか、凝視していたエルフが驚きの声を上げた。

「本物の治癒ポーションだとわかってもらえましたか？」

「え、ええ。疑ってごめんなさい。あなたの持ち込んだ治癒ポーションは本物みたいね」

呆然としていたエルフだが、我に返るとぺこりと頭を下げて謝罪した。

「では、買い取っていただけますか？」

「買い取りたいのは山々だけど、あたしの店じゃこれだけの数を買い取るだけのお金はないわ。この品質のポーションだと一本十万ゴルからが相場だもの」

「でしたら、一本八万ゴルの買い取りでいかがです？」

「ええ？　それなら何とか買い取れるけど、他のお店に持ち込んだ方がよっぽど高く売れるわよ？」

「鑑定士であるあなたと取引きをした方が、面倒は少なそうなので」

俺は世の中に出回っているポーションの値段が不当だとか、義憤《ぎふん》に駆られたりしているわけではない。自分が生きていくのに必要なお金を稼ぎたいだけだ。

「その代わり、出処については詮索しないってことね？」

「話が早くて助かります」

面倒なやり取りや手続きはやりたくない。

俺はポーションを売るだけで大金を手に入れ、このエルフが上手く流して儲ける。

どちらにとってもＷＩＮＷＩＮな関係だ。

「乗ったわ！　あたしの名前はリゼル！　よろしくね！」

「ツカサといいます。よろしくお願いします」

リゼルの差し出した手を握り込み、ここで契約は成立となった。

昨日出会った錬金術師があんな男だったのでちょっと不安だったが、このエルフとは上手く付き合っていけそうだ。

「ツカサのポーションは、あたしが買い取ってあげるわ。また手に入れたなら遠慮なく持ってきなさい」

「本当ですか？　実は魔力回復ポーションを含め、五十本ほど残っているんですが……」

「ごめんなさい。買い取れるだけのお金がないから、そっちはもうちょっとだけ待って……」

こうして俺はリゼルにランク一の治癒ポーションを買い取ってもらい、八十万ゴルものお金を稼ぐことができた。

16話　武具屋

ランク一の治癒ポーションを買い取ってもらったお陰で八十万ゴルもの大金を獲得することができた。

Ｆランクの薬草採取依頼もぼろ儲けではあったが、今回の稼ぎはそれよりも遥かに高額だ。

別に冒険者の依頼を受けなくても、これだけで食っていけるな。

などと怠惰な悪魔が誘惑をかけてくるが、俺はその言葉を頭から振り払う。

いかんいかん。俺の目的はすべてのジョブを極めて、キャリアアップすることだ。

一つの固有職の力だけで満足してはいけない。

ポーション作りだけでは他の固有職のジョブレベルは上がらない。

それに今後ポーション作りの技術が発達して、錬金術師以外の者でもポーションが作れるようになるかもしれない。そういった意味でも一つの稼ぎ方に固執することはリスキーだからな。

とはいえ、これだけ大金が手に入ったんだ。そろそろ自己投資をするべきだろう。

現在の俺の装備はエスタに貰った旅人装備に剣だ。

急所を守れる革鎧こそ装備しているものの、それ以外の衣服や外套に防御性能は皆無だ。

いい加減何かしらの防御性能を備えた装備を購入する必要があるだろう。

魔法使いや剣士の固有職を使っているせいか、ＤＥＸの値もいまいちだからな。

Ｅランクに昇格したことだし、装備を揃えよう。

自分で鍛冶師になって武具を作るという案もあるが、今回はお金を持っていることだし素直に購入することにする。

そんなわけで俺は武具屋を探して歩いてみる。

すると、程なくしてハンマーが交差している看板マークを見つけた。

近づいてみると『ドラン武具屋』と書いてあったので、早速お店の中に入ってみる。

石造りの店内にはたくさんの武具が並んでいる。が、店員らしき人物は見えなかった。
代わりに奥の方から金属を打ち鳴らす音が聞こえている。
恐らく、そちらで何かを作っているのだろう。
俺は奥に行って声をかけることも特になく、店内の武具を眺める。
包丁やナイフとは比べ物にならない質量を誇る刃物が堂々と佇んでいる。
鈍く光る武具を見るだけで得体の知れない迫力を感じた。

『鋼の剣』
ＳＴＲ＋30

『ショートワンド』
ＩＮＴ＋20

『メタルヘルム』
ＤＥＸ＋25

『バトルアックス』
ＳＴＲ＋45　装備レベル10

『火炎斧《イグニアックス》』
ＳＴＲ＋１５０　装備レベル30

鑑定士に転職し、鑑定をしてみると武具にそのような詳細が現れた。

どうやらこの世界での武具は、装備することによってステータスに大きな恩恵を与えるシステムらしい。装備するだけで、ステータス値が上昇するとは実にわかりやすい。

しかし、それと同時に装備レベルというものもあるようだ。

現在の俺のレベルは九なので、バトルアックスや火炎斧といった武器は装備できないことになる。

レベルが足りない状態で触ったら、どんな風になるのだろう？

武器が所有者を認めず弾くのか、あるいは本来の恩恵を授かることができないのか。

むくむくと好奇心が湧いてくるが、さすがに売り物なのでやめておこう。壊れでもしたら大変だ。


『鉄剣』


ちなみに俺が装備している剣には、何も補正がなかった。

本当に初期装備だ。

これならちょっとでもいい剣を買えば、今よりもＳＴＲが上昇することだろう。

とりあえず、まずは剣を買うべきだろうか？　いや、魔法の補助のために杖を買ってみるのもいい。

そう考えたところで、俺ははたと気付く。

俺は転職師だ。魔法使いにも剣士にも槍使いにもなることができる。

つまり、色々な固有職に転職するということは、それぞれの固有職に合わせた装備になるわけで……。

魔法使いに合う装備が、剣士に最適なわけがない。

「俺って、一体どれだけの装備を揃えればいいんだ……？」

現在転職できる固有職だけでも軽く二十は超えている。

つまり、最低でも二十種類もの装備が必要になる。

そう考えると八十万ゴル程度では全く足りない。

小金持ちになった気分だったが、一瞬にして夢が醒めた気分だ。

落ち着け俺。いきなり最上の装備を固有職の数だけ揃える必要はない。

それだけの数を買ってもどうやって持ち歩くというんだ。

現在使っている固有職に合う武具を装備すればいいのだ。

今の俺のレベルは九だ。現段階では装備レベルに達していない武具がほとんどだ。

レベルに合ったもので、他の固有職と兼用して使えるものを買えばいい。

「すみませーん！　武具を買いたいんですが！」

武具を購入するために声を張り上げると、しばらくしてから髭を生やしたドワーフが出てきた。

他に従業員なんかはいないようなので、この人がドランだろう。

ドランは仏頂面を浮かべながらジーッと俺を見つめるなり一言。

「……変な奴だな」

初対面でいきなり変な奴扱いされてしまった。

「なにがでしょう？」

「長年この仕事をやってれば、やってきた奴がどんな武器を使って戦ってきたのかは一目見ればわかる。だけど、お前さんの場合どうもわからん。剣で戦うようにも見えるし、魔法を使って戦うようにも見える。体つきやオーラ、すべてがちぐはぐだ」

ドランの抱いた違和感。

それは俺が転職師の力で、色々な固有職に転職して戦っているからだろう。

それを考えるとドランが俺のことを変というのは納得だった。

「……何か固有職を持っているのか？」

「魔法使いです」

「……魔法使いだぁ？　にしては、足さばきが剣士くせぇが……まあいい。どれが欲しいんだ？」

ドランは胡散臭いものを見るような目をしたが、気にしないことにしたようだ。

俺が今主力として使っている戦闘固有職は、魔法使い、剣士、狩人、槍使い、盗賊だ。

一番優先度の高い武器は剣と杖だ。

「鋼の剣とショートワンド、それと短剣をください」

「おいおい、そんなに種類の違う武器を買って扱えるのか？」

「問題ありません」

「まあ、俺としちゃ売れる分には文句はねえけどな」

ドランが不思議そうにしながらも指定した武器を下ろしていく。

「あと、あそこのアイアンジャベリンもお願いします」

「今度は槍か。本当に節操がねえな」

槍使いのために槍も買っておくが、さすがに他の装備と違ってかさばり過ぎるので普段から持ち歩くことはできないな。

しばらくは虎猫亭の部屋で寝かせておくことになりそうだ。

「ああ、ゲームのような世界ならアイテムボックスやマジックバッグの類があってもいいのに……」

そうすれば、どれだけたくさんの装備があっても持ち歩くことができる。

ため息をつきながら言葉を漏らすとドランが反応した。

「アイテムボックスってやつは知らねえが、マジックバッグなら存在するぞ」

「本当ですか⁉」

「高位の冒険者や権力者だけが参加できるオークションで売られている。容量の小さなもので数千万ゴル以上するらしいけどな」

「……さすがにそれは手が届きませんね」

もしやと思って期待したが、どうやらかなりの希少品らしい。

治癒ポーションをかなり売りさばいていけば、近い金額を稼ぐことはできるが、最低で数千万だもんな。場合によっては一億やそれ以上に跳ねる可能性がある。

そもそもEランクの俺ではオークションにも参加できないだろう。

現状ではマジックバッグを手に入れるのは不可能に近かった。

とはいえ、そういったアイテムがあるという情報は嬉しかった。

ランクが上がったら、いずれはそういったオークションにも参加して、便利なものを手に入れたいものだ。

17話　転職師のスキルを解放するために

武具屋で色々な武器を買い込んだ俺は、ひとまず虎猫亭に戻って武器を置いた。

鉄剣はその場で売却したものの、槍まで持ち歩くのは不便だから。

新しく買い替えた鋼の剣とショートワンドを装備してみる。

名前　アマシキ　ツカサ
LV9
種族　人族
性別　男
職業【魔法使い（転職師）】

ジョブLV6
HP　91
MP　795／795
STR　98（+30）
INT　112（+20）
AGI　68
DEX　42

試しにステータスを確認してみると、補正のある武器を装備したお陰で数値が上昇していた。いい武器があるのとないのとでは、かなりステータスに影響があるものだ。

だったら同時にたくさんの武具を装備すれば、かなりドーピングができるのではないか？

なんて思ったが、そんなことをすれば装備した武具が邪魔過ぎてまともに戦うことが難しくなるだろう。ちょうどいいバランスが大事だな。

ちなみに今回、防具は購入していない。武器を買い過ぎて持ち帰ることができなかったのも理由の一つだが、ドランにやめるように言われたからだ。

俺のレベルは九。あと一つレベルを上げると十になる。

そうすると、装備レベル十の防具が身に着けられるようになり、よりよい防具が手に入るからだ。

今ここで防具を買っても、すぐに新しいものを買うことになる。

売れればいいなどと言っていた癖に、ドランは意外とお人好しだった。

そんなわけで、次は防具を充実させるためにレベル上げ作業だ。

新しい装備を纏った俺は虎猫亭を出発して、冒険者ギルドに向かう。

扉を開けて中に入ると、ギルド内にいた冒険者がこちらを振り返った。

いつもならばすぐに霧散するのだが、今日はやけに見られている気がした。

不思議に思ったがいくら気にしても仕方がないので掲示板に向かう。

今までならFランクの依頼を見ていたが、一昨日に昇格したのでEランクの依頼も問題なく受けることができる。

当然、昇格を目指している俺はEランクの依頼を物色する。


『ゴブリンの討伐』

『ビッグフロッグの討伐』

『ガロンの討伐』


「さすがにEランクになると、討伐の依頼が増えるな」

Fランクの依頼書は薬草採取や荷運びといった雑用依頼が多めだったが、Eランクになるとそれらの割合はかなり減っている。

とはいえ、採取依頼がまったくないわけではない。

採取が難しい素材や、危険な魔物が徘徊している場所に植生している素材。

そういったレベルの上がった採取依頼がEランクにはあるようだ。

Fランクでたくさん採取依頼をこなしてきたんだ。Eランクになっても採取依頼ばかりをこなしてもつまらない。

俺のレベルを上げるためにもやっぱり討伐依頼を受けるのが一番だな。

そんなわけで俺はゴブリンの討伐依頼を受けることにした。

二十四の討伐が達成条件。

数ある依頼の中では、これがもっともレベル上げに効率が良さそうだ。

依頼書を引っぺがすと、ルイサのところに持っていく。

「こんにちは、ツカサさん。早速、Eランクの討伐依頼を受けるのですね。ポーションを手に入れることはできましたか？」

受注の手続きを進める中、ルイサが話を振ってくる。

「はい、なんとか手に入れることができました。なんというか錬金術師の方は、個性的でした」

「固有職持ちの方はああいった性格の方が多いので。勿論、ツカサさんのように良識のある固有職持ちの方もいるので気になさらないでください」

「そうですね」

リゼルのようにきちんと話の通じる固有職持ちもいた。

固有職持ちのすべてがああいった性格ではないと俺は信じたい。

●

ゴブリンの討伐を受注した俺は、ラッセルの近くの森にやってきていた。

ゴブリンはコボルトの出現していた地点に棲息しているので、以前戦った場所までズンズンと進んでみる。

すると、コボルトとは違う小さな人型の魔物が三匹いた。

緑色の肌に小さな角を生やし、ぎょろついた黄色い瞳。

依頼書に書かれていたゴブリンのイメージイラストそのものだ。

ゴブリン
LV　6
HP　32
MP　3／3
STR　28
INT　7
AGI　25
DEX　15

鑑定してステータスを覗き見ると、こんな感じだった。

コボルトよりも少しレベルが高く、ＨＰやＳＴＲが少しだけ高い。

しかし、知能面はコボルトに劣るようで、完全に魔法方面の素養はないと言っていいだろう。

「転職《ジョブチェンジ》、剣士」

俺は剣士に転職すると、盗賊のパッシブスキルを使用して気配を消した状態で接近。

距離が縮まったところで死角から一気に斬りかかる。

ザンッと音を立てて、一匹のゴブリンの首が飛んだ。

「ギギイッ⁉」

突然の奇襲を受けて二匹のゴブリンが慌てて棍棒《こんぼう》を構える。が、その頃には二匹目のゴブリンへと迫っており、隙だらけの胴体を剣で薙ぎ払った。

三匹目のゴブリンは棍棒を振るって攻撃してきたが、稚拙な攻撃は俺に掠りもしない。

ステップで躱すと、上段から剣を振り下ろす。

ゴブリンは反射的に棍棒を盾にするかのように掲げた。

鉄剣ならば防がれてしまう可能性もあったが、鋼の剣なら問題なくイケる。

そんな直感を抱いた俺は、棍棒ごとそのまま斬ることにした。

「はぁっ！」

結果として俺の振り下ろした剣は棍棒ごとゴブリンの頭を叩き斬ることに成功した。

脳漿をまき散らしながらゴブリンが倒れる。

「ちょっと装備を変えただけで、これだけ威力が上がるのか……」

前に装備していた鉄剣ならば、できなかったごり押しだろう。

やはりSTR＋30される効果は伊達じゃないようだ。

新しい武器によるステータスの恩恵を感じていると、レベルアップの音が響いた。

名前　アマシキ　ツカサ
LV10
種族　人族
性別　男
職業【剣士（転職師）】
ジョブLV2　（転職師ジョブLV10）
HP　98
MP　805／825
STR　106　（＋30）
INT　115　（＋20）
AGI　74
DEX　46

どうやらレベルとジョブレベルが上がったようだ。

いつもなら数値の上がり具合を眺めて終わりなのだが、ステータス表示で気になる部分があった。

それは追加で表示されている転職師のジョブレベルである。

「……転職師のジョブレベルが上がったのか……」

剣士のジョブレベルは変わらず二であるが、代わりに転職師のジョブレベルが十になっているのがわかる。

基本的に他の固有職に転職した状態で過ごしているので、転職師のジョブレベルはまったく確認していなかったな。

非表示にしておくと忘れそうなので、今後も表示にしておくことにしよう。

薬師はジョブレベルが十になると、新しいスキルが解放されていた。

ということは転職師もジョブレベルが十になったことで、何かしらのスキルが解放されたのだろうか？

気になってステータスウィンドウを開いて、転職師のスキル詳細を確認してみる。


『アイテムボックス』

転職師が様々な固有職に合わせた装備や道具を収納するための箱。

収納容量はＭＰの多さによって変動する。

収納中は道具などの経年劣化はない。生き物などは収納することができない。

「アイテムボックスだ！」

固有職に合わせた装備を揃える補助具として、俺が欲してやまなかったアイテムボックス。

まさか転職師のジョブレベルが上昇することによって、手に入れることのできるスキルだとは思わなかった。

【条件を解放していないためにアイテムボックスの使用はできません。

五つの固有職のジョブレベルが十まで到達することによって解放されます。

現在の到達固有職、薬師】

早速、アイテムボックスとやらを使ってみようと思ったが、続く詳細説明によってそれが無理だと理解。

どうやら転職師のジョブレベルを上げるだけでなく、他の固有職のジョブレベルを上げるのが解放条件のようだ。

つまり、あと四つの固有職のジョブレベルを十にしなければいけない。

それだけでアイテムボックスが手に入るのであれば、やらない手はないだろう。

「そうと決まったらジョブレベル上げだ！」

ゴブリンの討伐証明である耳を剥ぎ取ると、俺は次なる獲物を探して突き進んだ。

18話　ゴブリンの巣穴

五つの固有職のジョブレベルを十にすることで、アイテムボックスが手に入ることがわかった俺は破竹の勢いでゴブリンを討伐していく。

「二十四匹目！」

「グギイィッ⁉」

最後に残っているゴブリンを斬り捨てると、脳内でレベルアップの音が響いた。

確認すると、剣士のジョブレベルが五に上がっていた。

順調に上がっている。しかし、まだまだアイテムボックスを解放するには足りない。

既に二十四匹のゴブリンを討伐しているので依頼としては達成ということになるが、規定数を討伐したら切り上げなければいけないというルールはない。

特にゴブリンは繁殖力が強く、数が多いことから、できるだけ多くの討伐が推奨されている魔物だ。このまま狩り続けても問題はないだろう。

討伐証明である耳さえ持って帰れば、きちんと討伐報酬も貰えることだしな。

そんなわけで俺は二十匹を倒し終わっても、狩りを続行することにした。

既に依頼は達成しているのでゴブリンに拘らなくても問題はない。

俺の経験値となる魔物を探し求めて歩き回る。

すると、甲高い声が響き渡るのが聞こえた。

気配を消しながら騒音の方に近づいてみると、ゴブリンとコボルトの群れが縄張り争いをしているようだった。

槍を持ったコボルトと棍棒を持ったゴブリンが睨み合っている。

まだ戦いには発展していない模様だが、いつ殺し合いが始まってもおかしくない。

魔物同士でもこんな風に争うことがあるんだな。

そんな殺気立った雰囲気だが、今の俺にとってはアイテムボックス解放のための糧にしか見えない。

「数は合わせて十六匹……一網打尽のチャンスだ！」

そのまま飛び込みたい欲求に駆られそうになるが、ここは魔法を使った方がいいだろう。

盗賊のパッシブスキルで両者に気付かれないように近づくと、魔法使いに転職。

「旋風刃《ウインドエッジ》」

転職したタイミングでゴブリンとコボルトがぶつかり始めたので、すぐに範囲系風魔法を発動。

すると、両者の中心地点に旋風が巻き起こる。

やがて旋風は勢いを増し、捕らえたゴブリンとコボルトを風の刃で切り裂いた。

ゴブリンたちの甲高い悲鳴が聞こえたが、しばらくするとまったく聞こえなくなった。

旋風がなくなると、そこには身体中を切り裂かれたゴブリンとコボルトたちの死体が横たわっていた。

ゴブリンとコボルトは使い道になる素材がなく、素材のことを気にせずに倒すことができるので楽だな。

ゴブリンとコボルトの群れを一気に倒すと、レベルアップの音が響いた。

名前　アマシキ　ツカサ
LV10
種族　人族
性別　男
職業【魔法使い（転職師）】
ジョブLV10（転職師ジョブLV10）
HP　103
MP　800／855
STR　115（＋30）
INT　125（＋20）
AGI　79
DEX　52

【条件を解放していないためにアイテムボックスの使用はできません。

五つの固有職のジョブレベルが十まで到達することによって解放されます。

現在の到達固有職、薬師、魔法使い】

よし、魔法使いのジョブレベルが十だ。

アイテムボックスの詳細を確認してみると、しっかりと到達固有職の欄に魔法使いが追加されていた。あと三つの固有職のジョブレベルを十にすればいい。

方向性が問題ないことを確認した俺は討伐証明を剥ぎ取ると、次の獲物を求めて歩き出す。

ゴブリンの群れの足跡を追っていくと、やがて森の中でも開けた場所に出てきた。

奥を見てみると小さな洞窟があり、入り口には槍を手にしたゴブリンが立っていた。

しばらく様子を見ていると、四匹ほどのゴブリンが獲物を手にしてやってくる。

入り口に立っているゴブリンは、やってきたゴブリンに一言ほど声をかけると洞窟に入っていく四匹のゴブリンを見送った。

どうやらあそこはゴブリンの巣穴のようだ。

そういえば、Eランクの討伐依頼の中には巣穴の殲滅依頼もあったな。

どうせジョブレベルを上げるために魔物を討伐するのであれば、ついでにランクアップのための依頼を消化する方がいいだろう。

別に依頼を受注していなくても討伐を証明するだけの手立てさえあれば、後程報酬を貰うことができるからな。

あそこに大量の経験値があるのであれば、見逃す道理はない。

効率的に考えるなら洞窟に魔法をぶち込んで一網打尽にするのだが、生憎と魔法使いのノルマは既に達成している。

残りの剣士、槍使い、盗賊のジョブレベルを上げるべきだろう。

その中から俺は盗賊を選択し、転職する。

大量にゴブリンがいるとわかっているのだ。魔法を使わないという縛りの中で、多対一の戦闘はあまり起こしたくない。そのための盗賊だ。

洞窟の前は開けているので盗賊のパッシブスキルをもってしても視認されてしまう。

しかし、スキルが使えなくてもやりようはある。

俺は腰のベルトから買ったばかりの短剣を抜くと、ゴブリン目がけて投げた。

ゴブリンとの距離は二十メートル。通常なら当たるはずがない。

が、短剣の扱いに覚えのある盗賊に転職しているお陰か、この程度の距離ならば当たる気しかしなかった。

事実、投擲《とうてき》された短剣は一直線に進み、ゴブリンの額に突き刺さった。

額を射貫かれたゴブリンは悲鳴を上げる間もなく倒れ込む。

サイレントキルのお陰で、他のゴブリンが異変に気付くことはない。

短剣を回収し、ゴブリンの死体を茂みへと隠すと、そのまま洞窟へ侵入する。

洞窟の中はとても暗い。

灯りが一切ないということは、ゴブリンはこれでも平気ということなのだろう。

しかし、それは俺も同じだ。

盗賊のパッシブスキル『夜目』のお陰で、俺の視界は鮮明に見えているので暗闇の中奇襲を食らうようなことはない。

派手なスキルやパッシブスキルこそないものの、盗賊はこういった時に非常に便利な固有職だな。

気配を消しながら細道を進んでいくと、四匹のゴブリンが前方からやってくる。

恐らく先程の調達班が、再び獲物を調達しに外に向かうところだろう。

隠れようにも残念ながら通路は一本道なので隠れようがない。

「即投げ《クイックドロウ》」

俺は短剣を四本ほど引き抜くと、盗賊のスキルを発動して投げる。

すると、四本の短剣が同時に投擲されて、そのどれもが同時に額に刺さった。

まるで投擲の名手だな。自分でもビックリするくらいの速さで身体が動いた。

四匹のゴブリンが音もなく死んだことを確認すると、脳内で再びレベルアップの音が鳴る。

名前　アマシキ　ツカサ
ＬＶ 10
種族　人族

性別　男
職業【盗賊（転職師）】
ジョブLV3　（転職師ジョブLV10）
HP　112
MP　830／870
STR　124　（＋30）
INT　127　（＋20）
AGI　95
DEX　56

盗賊のジョブレベルが一気に三に上がっていた。

にしても、レベルが上がっていないのにジョブレベルがポンポンと上がっていくお陰でステータスの伸びが著しいな。

これも固有職の大きな恩恵の一つというわけか。

これがあるのとないのとではステータスの上昇値が大きく異なる。

ということは、転職師の力で数多の固有職についている俺のステータスはとんでもないんじゃないだろうか？

なにせいくつもの固有職のジョブレベルが加算されるのだ。

一般人は勿論、固有職を持っている者と比較してもべらぼうに高いのかもしれない。

ポーションを売りに行った時に、俺のステータスを鑑定したリゼルもそんなことを言っていた。

ラッセルに戻ったら他の冒険者のステータスを覗き見しておこう。

そんなことを考えながら短剣を回収し、ゴブリンの耳を剥ぎ取って進んだ。

19話　ハイゴブリンとの戦い

洞窟の中がドンドンと広くなるにつれて、分かれ道も増えてきた。

それと共にゴブリンと接敵する数も増えるのだが、通路が増えたお陰で戦闘の幅も増えた。

孤立したゴブリンを見つけて、後ろから忍び寄って短剣で首を掻き斬る。

通路の死角となる場所で待ち伏せをして斬り伏せる。

即投げを使って一気に殲滅する。

「……なんだか盗賊っていうより、暗殺者になった気分だ」

実際に暗殺者という固有職は存在するが、今の俺ではレベルとジョブレベルが足りないために転職することができない。

物騒な職業ではあるがとても有用なので、いずれは転職できるようになりたいものだ。

そうやって洞窟のゴブリンに発見されないように討伐を繰り返し、盗賊のジョブレベルが七になった頃。洞窟の道が開け、広間のような場所にやってきた。

そこには二十匹ほどのゴブリンがたむろしており、思い思いの様子で過ごしていた。

木材を加工したテーブルや腰かけのようなものがあり、ゴブリンにも最低限の知性と文化があるのだと確認できるな。

そんな風に見渡していると気になるものがある。

それは奥でふんぞり返っている大きめのゴブリンと杖を持っているゴブリンの存在。

他のゴブリンとは明らかに顔つきや体格が違う。それに他のゴブリンに敬われている様子で、明らかに上位者のような振る舞いだった。

気になったので鑑定を発動してみる。

ハイゴブリン
LV 10
HP 88
MP 15／15
STR 63
INT 22
AGI 57
DEX 33

ゴブリンシャーマン
LV9
HP　34
MP　48／48
STR　23
INT　56
AGI　32
DEX　25

これまで出会ってきた魔物の中で、ステータスが段違いに高かった。

ゴブリンとは明らかに違う。

ハイゴブリンなんて俺とレベルが同じだ。

それにゴブリンシャーマンも中々にステータスが高い。

名前と魔法職のような偏ったステータスを見る限り、明らかに魔法を使ってきそうだ。

レベル差こそ少ないが、俺には固有職による補正があるために相手のステータス値は全体的に下だ。

そこに固有職の力が加算されると考えると負けるはずがない。

とはいえ、これまでの魔物と同じように考えていれば負ける可能性も十分にあるので、ジョブレベルを上げる目標があるとはいえ、全力で行かせてもらおう。

これだけレベルが高い魔物がたくさんいるんだ。討伐できた暁にはさぞかしジョブレベルが上がるに違いない。

鑑定で個々のステータスを確認し、それぞれのゴブリンの様子や位置をしっかりと把握すると、俺は一気に駆け出した。

「即投げ《クイックドロウ》」

盗賊のスキルを発動し、五本の短剣を同時に投げる。

個々の状態をしっかりと把握していた俺は、眠りこけていたゴブリン五匹を即座に始末することに成功。

不意をつけている今が最大のチャンスだ。短剣を回収する手間を惜しみ、盗賊でありながら魔法を使う。

「念動力《サイキック》」

念動力によってゴブリンの額に刺さっていた五本の短剣を即座に回収。

俺もレベルが上がってかなり魔力も増えた。この程度の魔法ならば、魔力消費を気にせずにドンドンと使っていける。

そして、再びの即投げ。

このコンボによって広間にいた十匹のゴブリンの過半数を倒すことができた。

脳内でレベルアップの音が鳴り響くが、戦闘中なので確認することはできない。

さすがにこれだけ派手に攻撃を繰り出すと、ゴブリンたちもこちらを視認したようで敵意に満ち溢れた声を上げた。

奥でふんぞり返っていたハイゴブリンが偉そうにこちらを指さすと、残っていた八匹のゴブリンが一気に襲い掛かってくる。

やはり上位者がいると動きが違うな。

こんな風にゴブリンが乱れずに攻撃してくるのは初めてだ。

それでもやはりステータスが違う。俺の視界では跳びかかってくるゴブリンたちの動きがスローモーションのように見えた。

念動力によって二本の短剣を手にすると、跳びかかってきたゴブリンを順番に斬り裂いた。

一匹、二匹、三匹、四匹、五匹と斬り、六匹目に斬りかかろうとしたところで視界の奥で橙色の光が見えた。

直感に任せて攻撃を注視すると、俺のいた場所目がけて火球が飛んできた。

その場所にいた六匹目のゴブリンが火球に直撃し、激しい悲鳴を上げる。

やがて炎がゴブリンの全身の呑み込むと、断末魔の声すら聞こえなくなった。

危なかった。あのまま斬りかかっていたら魔法を食らうところだった。

まさか、仲間ごと俺を攻撃してくるとは思っていなかった。

「あいつ、手下ごと俺のことを……」

思わず奥に視線をやると、ハイゴブリンとゴブリンシャーマンは特に気にした風もなかった。間一髪のところで躱されたことに不満げな模様。

手下の心配など欠片もなかった。

ああいった下の者のことをまるで考えずに振る舞う上司は、元の世界でもたくさんいたな。

どうやら異世界の魔物社会でもそういった腐った奴はいくらでもいるようだ。

「あいつは叩き斬ってやらないと俺の気が済まないな」

俺は盗賊から剣士へと転職を果たす。

短剣を懐に仕舞うと、鋼の剣を手にして駆け出す。

すると、ゴブリンシャーマンが杖をかざして火球を撃ち出してきた。

魔法の兆候を察知していた俺は、火球を躱し、お返しとばかりにスキルを放つ。

「衝撃波《ソニックブーム》！」

剣から放たれた剣撃はゴブリンシャーマンの杖を持った右腕を飛ばした。

まさか剣士が中距離から攻撃を放ってくるとは思わなかったのだろう。

「グギギギッ!?」

ゴブリンシャーマンは腕を飛ばされたこともあって激しく動揺の声を上げていた。

その隙に俺は一気にゴブリンシャーマンへと肉薄すると、剣を振るって首を刎《は》ねた。

ゴブリンシャーマンをこれだけすぐに処理できたのは、相手の予想できない攻撃手段をもっていたからだろう。色々な固有職に転職し、手札を多くしておいたのは正解だった。

ゴブリンシャーマンがやられると、これまで余裕の態度だったハイゴブリンの顔つきが変わった。

イスの傍に立てかけてあった大きな棍棒を手にすると、それを引きずりながらこちらにやってくる。

背丈は俺よりも少し大きい百八十センチといったところか。

これだけの大きさになるとゴブリン種とはいえ、中々に迫力が出るものだ。

石を加工した棍棒はかなりのサイズで大人と同じくらいの長さがある。

ステータスが俺よりも下とはいえ、あれだけの質量のものが直撃してしまえば、致命傷になる可能性がある。ハイゴブリンのパワーには十分注意する必要があるな。

そんな風に観察していると、ハイゴブリンが動き始めた。大きな棍棒を手にし、その巨体に見合わない俊敏さで棍棒を振り下ろしてくる。

バックステップで回避するが、打ち付けられた地面がドゴンッという音を立てた。

同時に巻き上がる砂埃。視界が遮られる中、砂埃に紛れて棍棒が薙ぎ払われた。

「危なっ！」

反応に遅れながらも俺は身を屈めて回避。ハイゴブリンが膝蹴りを繰り出してくるが、そのまま転がることで逃れることに成功した。

一度距離を取ると、俺とハイゴブリンは睨み合う。

ステータスと知能の高い魔物を相手にすると、これだけ厄介だとは思わなかった。

だが、速度に関しては俺が上だ。反応が遅れたとしても攻撃を躱せたことがその証だろう。

だったら速度を活かした立ち回りを意識すればいい。

「風撃《ウインド》」

俺は剣士のままで風魔法を発動。

砂埃が滞空した空気の塊をそのままハイゴブリンへぶつける。

威力こそ大したことはないが、砂埃を大量に含んだ風はハイゴブリンの目を強《したた》かに襲った。

「グギャアアアアッ⁉」

目つぶしをされたことでハイゴブリンが呻き声を上げた。

その隙に俺は即座に加速して、ハイゴブリンの胸を切り裂いた。

しかし、完全に動体を両断することはできなかったみたいだ。ＤＥＸが高い恩恵か。

追撃を入れようとするが、ハイゴブリンが闇雲に棍棒を振るってきたために中断。

回避すると同時にハイゴブリンの右手に衝撃波を放った。

指が落とされ、棍棒がドスンと地面に落ちた。

その際に自らの足が下敷きになったようでハイゴブリンは痛そうに蹲る。

重い武器を持っていると、あんな風なトラブルが起こるのか。

ハイゴブリンに少しの同情心を覚えながらも、俺は肉体と剣に魔力を注いでスキルを発動させた。

「一閃《スラッシュ》」

身体強化による加速の一撃を乗せた一撃。

それは低い位置にきたハイゴブリンの首元に見事に吸い込まれ、一撃で首を飛ばしてくれた。

それと同時に俺の脳内でレベルアップの音が鳴り響いた。

名前　アマシキ　ツカサ
LV14
種族　人族
性別　男
職業【剣士（転職師）】
ジョブLV8（転職師ジョブLV12）
HP　188
MP　760／990
STR　180（+30）
INT　169（+20）
AGI　151
DEX　91
【条件を解放していないためにアイテムボックスの使用はできません。
五つの固有職のジョブレベルが十まで到達することによって解放されます。
現在の到達固有職、薬師、魔法使い、盗賊】
ステータスを確認してみると、数値が大幅に上昇していた。

剣士のジョブレベルが三から七に上がり、盗賊のジョブレベルが三から十に上がっており、転職師のジョブレベルが二上がっていた。さらにレベルが四も上昇している。

それらによる恩恵がすべて重なったのが急上昇した要因だろう。

ゴブリンを四十四以上倒した経験値もあるが、やはり大きいのはゴブリンシャーマンとハイゴブリンの討伐だろうな。

レベルも高かったし、今までの魔物の中で一番の強敵だった。それだけに得られる経験値も多かったのだろう。

「残っている固有職は剣士と槍使いだな」

剣士のジョブレベルをあと三つ上げて、槍使いのジョブレベルをあと七つほど上げれば、夢のアイテムボックス解放だ。

少し疲労は感じているが、今日中にアイテムボックスを獲得したい。

「うん？　ハイゴブリンの胸が光っている？」

討伐証明部位を剥ぎ取ろうとすると、ハイゴブリンの胸の辺りが光っていることに気がついた。

魔物の中にはごく稀に魔力を内包した魔石を持つものがいると聞いたことがある。低ランクの魔物からは滅多に取ることができないと聞いていたが、もしかすると魔石なのかもしれない。

気になってナイフで胸の辺りを抉ってみると、紫色の綺麗な石が出てきた。

『ハイゴブリンの魔石』

ハイゴブリンの魔力が内包された石。武具や魔道具、アイテムの加工などに使える。

鑑定してみると本当に魔石だった。

運が良い。魔石は高値で売れるらしいので、しっかりと手に入れておこう。

ハイゴブリンの魔石と他の討伐証明部位を取ると、俺はレベルアップのための狩りに勤しむのであった。

20話　アイテムボックス解放

森が茜色に染まる頃合い。

コボルトの頭に窃盗した槍を叩きつけると、レベルアップの音が鳴り響いた。

おそるおそるステータスを確認してみると、槍使いのジョブレベルが十になっていた。

名前　アマシキ　ツカサ
LV14
種族　人族
性別　男
職業【槍使い（転職師）】
ジョブLV10（転職師ジョブLV12）

ＨＰ　２２７
ＭＰ　１０００／１０２０
ＳＴＲ　２１９（＋30）
ＩＮＴ　１８９（＋20）
ＡＧＩ　１９５
ＤＥＸ　１１０

【五つの固有職のジョブレベルが十に到達しました。

転職師のスキル『アイテムボックス』が解放されます】

「やった！　これでアイテムボックスが使えるぞ！」

剣士のジョブレベルも既に十に到達しているので、これでアイテムボックスの取得条件を満たしたと言っていいだろう。

「アイテムボックス！」

不思議と思いついた発動コマンドを唱えると、黒のウィンドウに白い枠が書かれたものが表示された。ゲームでもあったアイテムボックスっぽいな。

試しに持っていた槍を収納しようと思うと、ひとりでに槍が手から消えた。

代わりにアイテムボックス内には、槍を思わせるアイコンが一つ表示されていた。

『コボルトの槍』

コボルトが木材を加工して作った稚拙な槍。ステータス補正効果はない。

タップしてみると俺がコボルトから奪い取った槍の詳細が出てきた。

それを取り出したいと思うと、目の前に槍が出現した。

アイテムボックスを使う度に魔力消費があるんじゃないかと思って確認してみたが、特に魔力が減っている様子はない。

アイテムボックスの使い心地を確かめると、俺は討伐証明部位が詰まった麻袋をボックスに放り込んだ。それだけで俺は重い荷物から解放され、身軽になれた。

「なんて便利なんだ……」

これさえあれば、どこでも道具を収納し、取り出すことができる。

剣士、魔法使い、槍使い、盗賊といったそれぞれの固有職に合わせた装備を選択し、装備して戦うことができる。思う存分に転職して戦うことができるな。

遠出しようにも重い荷物を装備しなくても手ぶらでいいのだ。

なんという神スキルだろうか。

五つの固有職のジョブレベルを十にまで上げるのは、少し苦労したが頑張った甲斐があるというものだ。

もう少し色々とアイテムボックスをいじくり回したいところであるが、さすがに今日は遅い。

ギルドへの依頼報告もある。あまり遅くなると心配させてしまうだろう。

名残惜しいがアイテムボックスをすぐに閉じて、俺はラッセルに帰還することにした。

冒険者ギルドの前にやってくると、アイテムボックスに収納していた麻袋を取り出した。

「ツカサさん！　帰りが遅いので心配いたしましたよ！」

ギルドに入ると、ルイサが俺を確認するなり心配の声を上げた。

「ご心配をおかけして申し訳ありません。依頼はすぐに達成したのですが、レベルを上げるのに夢中になってしまい遅くなりました」

ゴブリンの討伐依頼を受けたEランクの冒険者が夕方まで戻ってこないとなると、色々と心配になってしまうものだろう。俺が逆の立場であれば、死んだのかなって思ってしまう。

「そうでしたか。ご無事でしたら何よりです」

いち冒険者でしかない俺のことをここまで気にかけてくれるとは、ルイサは優しい人だな。

ルイサの優しさが妙にむず痒く、照れ臭かったのでそれを誤魔化すように話を変える。

「たくさんの魔物を倒したので、査定をお願いできますか」

「かしこまりました。討伐証明部位の提出をお願いします」

そう言ったルイサの前に俺は大きな麻袋を乗せた。

そこには大量のゴブリンの耳やコボルトの牙などが入っている。

「え、えっと、今回は随分とたくさんの魔物を討伐されたのですね……」

麻袋の中身を見たルイサが顔を引き攣らせる。

これだけの証明部位が詰まっていると、ホラー的な光景だ。

しかし、ギルド職員であるルイサはそんな光景にも慣れているのか、淡々と証明部位を確認していった。

そうやって証明部位の仕分けをしていると、ルイサの手がふと止まった。

「……ツカサさん、この魔石ってハイゴブリンではありませんか？」

彼女がおずおずと手にしたのはハイゴブリンの魔石だ。

「はい。ゴブリンを倒していると巣穴を見つけたので、まとめて討伐しておきました」

尋ねてくるルイサに俺はハイゴブリンやゴブリンシャーマンを討伐した経緯を説明した。

「ハイゴブリンは討伐ランクがDに限りなく近い魔物です。それなのにゴブリンシャーマンやゴブリンたちを相手にしながら一人で討伐だなんて……」

「ランクアップに近付けそうな功績ですかね？」

「すぐにとはいきませんが、大きな実績になるかと」

この功績でDランクへの昇格を期待したが、さすがにDランクになるとこれだけでは足りないようだ。とはいえ、大きな実績を積むことができたので満足しておこう。

「魔法使いの固有職を持っているとはいえ、ツカサさんはEランク以上の強さを備えてらっしゃるのは確実ですね。今のままですとランク詐欺です」

「ランク詐欺とは酷いですね」

数々のジョブレベルによる恩恵を受けている俺のステータスは、確実に一般のEランク冒険者よりも上だろうな。

そう考えると、ランク詐欺と言われてしまうのも納得なのかもしれない。

「そう言われないように今後も頑張っていきましょう」

ランク詐欺問題を解決するには、ドンドンと依頼をこなしてランクアップするしかないな。

ルイサの朗らかな笑顔に癒され、討伐報酬を手にした俺は虎猫亭に帰還するのであった。

●

翌朝。虎猫亭で朝食を食べた俺は、再び武具屋にやってきていた。

レベルが十に達したことや、アイテムボックスが手に入ったのでそれぞれの固有職に合った装備を買うためである。

「こんにちは、また武具を買いにきました」

「……もうレベルが十に上がったのか。早いな」

店内に入ると、仏頂面をしたドランが剣を磨きながら言った。

呆れと感心が半々くらい入り混じった顔だな。

「それで今日は何が欲しいんだ？」

「剣、槍、短剣、魔法、弓、様々な武器を扱うのに最適な防具が欲しいです」

「……おいおい、そんなに防具を揃えてどうするってんだ？　お前さんの固有職は魔法使いなんだろ？　だったら魔法使いに最適な防具があれば十分じゃねえか」

率直に用件を告げると、ドランは訝しんだ顔をする。

そりゃそうだろう。魔法使いの固有職を持っているのに、他の武器に合った装備を注文するなど意味不明だ。

適当にはぐらかして買うこともできるが、できればプロであるドランにはしっかりとした固有職に合う装備を見繕ってもらいたい。

「私は色々な固有職に転職して戦うことができるのですよ」

「はあ？　他の固有職だぁ？」

素直にワケを話してみるが、ドランは信じられないといった顔をしていた。

だったら、実際に見せてみる方が早い。

「ちょっとステータスプレートを見てください。固有職には【魔法使い】と書かれていますよね」

「ああ、そうだな」

「転職しますので見ててください」

俺はドランの目の前で転職師の力を発動し、剣士へと転職した。

「もう一度ステータスプレートを見てください」

「おいおい、もう一度見たからといって固有職が変わるわけ――はあああああっ!?　【剣士】だぁ!?」

疑っていたドランであるが、俺のステータスプレートを見るなり目を見開いて驚いた。

仏頂面で冷静な彼が、ここまで取り乱す姿は初めてで面白い。

ドランが食い入るようにステータスプレートを眺めている中で、俺はもう一度転職師の力を使う。

今度は剣士から槍使いに。

「バカな！　今度は【剣士】から【槍使い】になっただと……ッ!?」

ステータスプレートの固有職の欄が切り替わるところを目にしたのだろう。

ドランが愕然とした表情で呟いた。

「どうです？　俺が他の固有職に転職できるということを信じてくれますか？」

「どういう固有職でそうなってるかは知らねえが、信じてやるよ」

「信じてくれるんですね」

「ステータスプレートを偽装するのは不可能だからな。こうもハッキリ見せつけられたら信じるしかないだろう。それに転職できるのなら、俺が最初に抱いた違和感も納得だ」

ドランは最初に俺を見るなりチグハグだと言っていた。

それは魔法使いでありながら剣士や他の固有職の気配を漂わせるという矛盾。

彼の長年の経験が思考を柔軟にしているようだ。

「それになにより、お前さんが腹を割ったってことは、心から良い装備が欲しいって言っている証だ。それを踏みにじるのは職人として失格だろ？」

「ありがとうございます、ドランさん！」

「これからみっちりと武器と防具の選択をしてやる。今日は帰れると思うなよ」

「はい！」

ドランの宣言通り、あらゆる固有職の防具だけでなく、武器の選択をすることになった俺は明け方まで店に籠ることになった。

21話　冒険しない日

ドランとの装備選びが白熱し、朝帰りとなった俺が起きたのは太陽が中天を過ぎた頃だった。

ベッドから出て身支度を整えると、一階の食堂に降りる。

「今日はお寝坊さんだね！」

「昨日随分と夜更かししちゃったから」

お陰ですっかりと朝食を食べ損ねてしまった。どんなに忙しくても食事はしっかり摂るタイプなので、一食抜いてしまうというのは落ち着かないものだ。

なんて思っていると、突然ノーラが顔を寄せてスンスンと鼻を鳴らす。

「……この、鉄っぽい匂い……武具屋に行ってたでしょ？」

ちょっと匂いを嗅いだだけでどこに行っていたか当たりがつくのか。

こりゃ、下手に色町なんて行けないな。まあ、仕事も安定していないし、度胸もないので行くつもりはないけど。

「当たり。新しい装備を整えていたんだ」

いくつかの固有職に合わせた武器選び、防具選びはとても大変でかなり時間がかかってしまった。

しかし、プロであるドランに色々とアドバイスも貰えて、自分で選ぶよりもいい物が選べたので悔いはない。

「Eランクに上がったって言ってたもんね。うちには冒険者の人もたくさん泊まってるけど、こんなに早くランクアップした人は初めてだよ。ツカサってすごいんだね」

「よくわからないけど、そうみたいだね」

いまいち自分では実感が湧かないけど、これほど早いランクアップは中々の偉業のようだ。

最近はギルドでもそんな風に声をかけられることも増えたので照れ臭い。

「今日は何食べる？　オススメはチッキーのグリル焼き定食だよ」

チッキー知らない食材だ。多分、名前からして鶏系な気がする。

知らない食材であってもノーラのオススメに従っておけば間違いはない。

既にそのことを学んでいる俺は、悩むことなくノーラのオススメを注文した。

「チッキーのグリル焼き定食だよ！」

程なくして、ノーラが定食を持ってくる。

予想通り、鉄板の上には大きなチキンのグリル焼きが載っていた。

網目状の焦げ目と、かかっているバジルソースのようなものが食欲を誘う。

食べようとしたところで俺はふと思う。

食べ物もアイテムボックスに収納できるのだろうかと。

もし、できるのであれば、アイテムボックス内に大量に食料や水を備蓄しておける。

冒険中にも美味しい食事ができることは勿論、いざという時に餓死することもないだろう。

もし、それが可能ならば、冒険する時の快適度や安心感はかなり増すことだろう。

気になった俺は目の前にあるグリル焼き定食を収納したいと念じる。

すると、目の前にあったグリル焼き定食は見事に消え去った。

アイテムボックスを覗いてみると、ボックス内にチッキーのグリル焼き定食と表示されていた。

「……生き物以外なら本当に何でも収納できるんだな」

アイテムボックスの便利さに思わず苦笑いしながら、すぐに収納していたグリル焼き定食を取り出した。

すると、目の前には収納した時と変わらぬ熱々具合のものが出てきた。

ナイフで切り分けてフォークで食べてみると、勿論美味い。

表面はパリッと、中はぷりっとしており柔らかい。

チッキーの旨みが染み出し、バジルソースとの相性も最高だった。

肉料理が多いが、ノーラの父さんは本当にいい仕事をする。

これだったらアイテムボックスの食料備蓄を頼んでも良さそうだな。

チッキーのグリル焼き定食を食べ終えると、俺はノーラの父がいる厨房に向かう。

「すみません。ここってお弁当とか作ってもらうことはできますか？」

声をかけると、黙々と料理を作っていたノーラの父がチラリと視線を向けた。

「できるが、あまり凝ったものは期待するな」

「では、五十食ほどお願いします」

帰り道にボックス内に同じものをどれだけ収納できるか試したことがある。

葉っぱのような質量の小さなものでも、鉄剣や鉄槍のような質量の大きなものでも百個以上収納することができたので、五十食の弁当なら余裕で保管することができるだろう。

「……マジックバッグ持ちか？」

個数に驚いていたノーラの父だが、すぐにその運用に気が付いたようだ。

炊き出しでもない限り、一人で五十食も頼むはずがないしな。

「それと似たようなものを持っています」

「本当かどうか試したい。これを収納してみせろ」

ノーラの父がフライパン、調味料、タマネギといった品物を差し出してきたので、俺はそれらをアイテムボックスに収納。そして、すぐに取り出して元に戻した。

「マジックバッグでもないのに本当に収納できるのか。料理が無駄にならないとわかれば十分だ。作ってやろう」

「ありがとうございます」

「どんな弁当がいい？　とはいっても、肉料理以外はそれほど得意じゃないが……」

まあ、それは料理のラインナップを見れば想像できたことだ。

魚料理なんかも食べたい気持ちはあるが、別にここで無理に頼まなくてもいい。

「肉料理中心でバリエーションを多くして頂けると嬉しいです」

全部牛肉、豚肉とかにされると、さすがに美味しくても飽きてしまう。

肉料理とはいえ、牛、豚、鶏、猪、兎と様々な肉を使った弁当がいい。

「種類を増やすとなると、それなりに手間と料金がかかるが……」

「値段は気にしないので美味しいものをお願いします。料金は先払いにしておきます」

虎猫亭のランチは三百ゴルから五百ゴルの間だ。

ちょっといい弁当を食べたいので、多めの三万五千ゴルを差し出すと、ノーラの父はニヤリとした笑みを浮かべた。

「わかった。好きにさせてもらおう。夕方か夜に取りにこい」

獰猛なライオンのような笑みにちょっとビビったけど、潤沢な予算で作れるのが嬉しかったらしい。ノーラと同じように尻尾がご機嫌そうに揺れていた。

ああいった仕草を見ると、ノーラの父親なんだとしみじみと思う。

●

ノーラの父に弁当を頼んだ俺は、どう過ごすべきか迷っていた。

時刻は既に昼を過ぎている。今から準備して冒険に出るにはやや遅い。

ギルドに向かって依頼を受けても、採取依頼のような簡単な依頼や、すぐに終わる討伐依頼しかできないだろう。

日が暮れることを無視するのであれば問題ないが、夜になると魔物はより活性化すると言われている。ステータスが上がったとはいえ、装備のほとんどはドランが調整中だ。

完成するのは三日後。

万全な状態ならまだしも、大きなリスクを冒してまですべきではないだろう。

思えば、異世界にやってきてほとんど休みらしい休みを取っていないことに気付いた。

日本で仕事に明け暮れていた時でも、最低限の休日は取っていたような気がする。

フリーの宿命とはいえ、毎日仕事に出ている現状はブラックとしか言えないな。

「よし、決めた。装備ができるまでは冒険に出ずに、街でできることをしてのんびり過ごそう」

アイテムボックスに備蓄する食料や道具集めなど、街でできることはたくさんあるしな。

え？　それも仕事のうちだって？　そんな突っ込みが聞こえた気がしたが、日本のようなネットやアニメ、ゲームといった娯楽がない異世界だからな。暇つぶしや気分転換としてとらえようじゃないか。

今日の方針を決めた俺は、虎猫亭を出て市場に向かう。

そこで大量の食材を買い付ける……前にまずは資金調達だ。

ドランに大量の武具を発注したせいで、前回ポーションで稼いだお金が底を突きつつある。

依頼報酬や素材の売却で稼いだお金もあるが、ポーションで稼いだ金額には程遠い。

そんなわけで今日は前回作った残りのポーションを売りに、リゼルの雑貨店へ。

「いらっしゃいませ！　ツカサ様！」

店内に入ると、見事な笑みを浮かべたリゼルがやってきた。

「前回とはえらく違った態度だな」

「いやー、ツカサの売ってくれたポーションが爆売れで、あたしの懐にお金ががっぽがっぽ入るってわけよ！」

どうやらリゼルは上手いことポーションを捌き、上手く儲けることができたみたいだ。

市場価格の十万ゴルで売るだけで、一本につき二万ゴルもの利益だ。

リゼルがウハウハ状態なのも無理はない。

「前に来た時は、不審者を見るような目をされたんだが……」

「そんな過去のことは気にしない！　それより、今日もポーションを売りにきたんでしょ？」

催促をするリゼルの目が完全にゴルマークだ。

「まあ、そうだよ。とりあえず、十本でいいか？」

「資金も少し増えたし、十五本でもいけるわ！」

「なら、十五本の買い取りで頼む」

「ええ、念のために鑑定させてもらうわね」

ポーチから十五本のランク一の治癒ポーションを取り出すと、リゼルが鑑定を始める。

どれも品質に問題ないことを確認すると、リゼルがポーションの代金を支払ってくれる。

「これで一気に百二十万ゴルかぁ」

「金銭感覚が麻痺しそうになるわよね」

先程まで大はしゃぎだったリゼルだが、やはり俺と同じような気持ちを抱いていたらしい。

「いずれは冒険者でもこれくらい稼げるようになりたいな」

「ツカサならできるでしょ。というか、短期間で随分とステータスを上げたわね。そのステータスでEランクとか詐欺よ」

「そうなのか？　あんまり一般的なEランク冒険者のステータスは知らないんだが……」

「レベル十だと、ＨＰやＭＰなんかは四十もあればいい方ね」

耳を疑うような数値の低さだが、鑑定士であるリゼルの言葉であれば本当なのだろう。

「え？　ＨＰはその五倍でＭＰに至っては二十倍以上あるんだけど……」

「ええ、固有職の恩恵があったとしても数値が異常よ」

それは多分、色々な固有職の恩恵を受けているからなんだろうな。

リゼルから教えてもらった平均ステータスの数字を聞いて、自分のステータスの異常さをなんとなく実感できた気分だ。

俺がジョブレベルを上げた固有職は、転職師、魔法使い、剣士、槍使い、盗賊、薬師、錬金術師くらいのものだ。

まだまだ残っている何十もの固有職のジョブレベルを考えると、さらなるステータスの底上げが期待できることだろう。

22話　瞬装

資金調達や食材調達などに奔走すること三日。

ドランによる武具の調整が終わっているはずなので、それらを受け取るために彼の武具屋に向かうことにした。

お店の入り口には閉店を示す看板が吊り下げられている。

恐らく、大量発注した俺のために一時的に店を閉めてくれているのだろう。

ノックして中に入ると、ドランと大量の装備が待ち受けていた。

剣士、槍使い、魔法使い、盗賊といった各固有職に合わせた装備がマネキンに着せられて陳列されている。こうやって全ての装備を眺めると、かなりカッコイイ。

「おう、きたか。装備はできてるぜ」

「ありがとうございます。早速、試着させてもらいます」

俺はそれらの装備に触れて、片っ端からアイテムボックスに収納していく。

「おいおい、全部収納しちまったら装備できねえだろ？」

アイテムボックスについては既に説明しているので驚きはしないが、いきなり収納する意味が理解できないようだ。

「まあまあ。見ててください。すぐに装備できる裏技があるんですよ」

「裏技だぁ？」

アイテムボックスのお陰でそれぞれの固有職に合わせた装備を持ち歩くことができるようになった。

しかし、アイテムボックスの中に大量の装備を収納していても、すぐに取り出して装備できるわけではない。

収納することはすぐにできても、ボックス内から取り出したものはバラバラに出てくるのでいちいち着脱する手間があるのだ。

これでは戦っている最中に転職し、固有職に合った装備をすぐに纏って戦うことができない。

だが、そんな問題を解決してくれる固有職があると俺は気付いた。

口頭で説明するよりも実際に見せた方が早い。

ドランが胡乱《うろん》げな視線を向けてくる中、俺は転職師の力を発動する。

「転職《ジョブチェンジ》、【戦士】」

あらゆる武具を身に着け、肉弾戦で敵を粉砕する前衛職。

スキルでＳＴＲを高めてパワーファイターになったり、ＤＥＸを高めてディフェンシブな立ち回りもできる頼りになる固有職だ。

「で、戦士になってどうするんだ？」

「こうするんです。『瞬装』！」

戦士のスキルを発動させると、俺の身体が光り輝いた。

と思った次の瞬間、戦士用の武具が俺の身体に装備されていた。

オックスヘルム、ベスト、アーム、コイル、グリーヴとオックスという魔物の素材と鋼などを加工して作った防具だ。

ヘルムには猛々しい角が生えており、赤を基調としたカラーリングがされているためにとてもパワフルな印象だ。

武器はアイアンアックスという大きな斧を装備している。

「……すげえ速度の早着替えだな」

「早着替えはやめてください。『瞬装』です」

そう言われると、すごくダサいスキルに思えてしまうので断じて拒否する。

「名前はどうでもいいが、一体どういう仕組みなんだ？」

「『瞬装』は傍にある自分の武具を一瞬で装備するスキルです。俺の持つアイテムボックスも傍にある武具として認識されるかなーと思ってやってみたらできることに気付いたんです」

本来であれば、自らが装備しているメイン武器とサブ武器なんかの入れ替えや、武器を落としてしまった時にすぐに拾うためのスキルだろう。

しかし、転職師のアイテムボックスを引き継いで利用できるために、このように荒業が使えるというわけである。

「ほおー、他の固有職のスキルとの合わせ技ってやつか。転職師とかいう固有職を持っているお前さんだからこそできる使い方だろうな」

防具一つにつきＤＥＦが＋30されるのでＤＥＦが＋１５０されることになる。

これはかなり心強い補正効果だ。

「で、戦士装備の着心地はどうだ？」

「まったく問題ないですね」

今ならハイゴブリンの攻撃でさえ、受け止められるような自信さえあるほど。

それほど全身装備に包まれている今の安心感は半端なかった。

「よし、他の装備も見せろ」

「わかりました」

ドランに言われて俺は、戦士から槍使いに転職をする。

その瞬間、俺は装備の重みによって身体が沈んだ。

「うごっ⁉」

「なにやってんだ？」

「防具がすごく重いんです！」

「そりゃそうだろ。それはタフな肉体とスキル補正を持つ戦士のための防具だ。何に転職したかは知らねえが、ヤワな固有職だと重すぎて歩くこともできねえぞ」

重さで潰れそうになっている俺を見て、ドランが呆れたように言う。

それもそうか。戦士と槍使いの肉体強度が同じはずがない。

肉体補正の弱い魔法使いとかに転職しなくて良かった。

「『瞬装』！」

俺は急いで戦士スキルを発動させて、全身の装備を槍使いのものに切り替えた。

「ふう、危うく重さで死ぬところだった」

重量級の装備を身に着けている時は、先に瞬装をしてから転職するのがいいな。

槍使いの装備は、防具がグリーンメイル、アーム、コイル、グリーヴ。武器がアイアンスピアだ。

地味にマントとかついているが、旅人装備をしていいたためにさすがに慣れた。

戦士に比べるとDEFの補正はそれぞれ＋15とあまり高くない。

しかし、槍使いは戦士と違って素早さを重視するスタイルだ。防具をガチガチに固めて、機動性を落としては意味がない。

機動性を損なわない範囲でありながら防御力も保てるちょうどいい塩梅にしたつもりだ。

「本当に便利だな。そのスキル。どうだ？　違和感とかはあるか？」

「こちらも問題ありませんね。バッチリです」

工房内で軽く歩いたり、跳ねたりしてみたがまったく問題はない。

そうやって剣士、魔法使い、盗賊なんかも同じように感触を確かめていく。

ドランによる装備の調整はバッチリなようで、どれも違和感はなく調整の必要はなかった。

「あとは実際に動いてみてどうかだな。もし、なにかあったらすぐに来い。調整してやる」

「ありがとうございます」

俺はドランに各固有職の装備代金を払い、武具の感触を確かめるために冒険者ギルドに向かった。

●

ギルドで討伐依頼を受けた俺はいつも通り、街の近くの森にやってきた。

討伐目標はブラックウルフという魔物の討伐。

Eランクの魔物で素早い攻撃と群れでの行動が特徴的な魔物だ。

全体的なレベルやステータスはシルバーウルフよりも高いらしいが、今の俺のステータスと万全な装備体勢を考えれば問題ないだろう。

討伐達成数は三十と多いが、今回はそれぞれの装備を確かめるのが趣旨なので、多い分に問題はない。

森の中をズンズンと歩いていくと、やがて黒い体毛をした狼が五頭ほどうろついていた。

ブラックウルフ
LV7
HP　45
MP　22／22
STR　26
INT　18

AGI　38
DEX　24

鑑定してみると、討伐目標であるブラックウルフの模様。

五頭のブラックウルフはずっと固まって歩いている。

集団行動が得意なだけあって、誰かが突出したり離れたりすることはないようだ。

この間のゴブリンやコボルトのような各個撃破は難しそうだな。

そこそこレベルが高く、AGIも少し高い。少し前の俺だったら固有職のスキルを使って撹乱し、正面からの戦闘を避けただろうが、ハイゴブリンとの戦いを経てレベルアップし、ステータスがかなり上がった今の俺なら正面からいっても問題ないだろう。

俺は魔法使いから戦士へと転職。それと同時に瞬装を発動し、アイテムボックス内にある戦士装備をすぐに身に着けた。

「戦士の鼓舞《ウォーリアーハウル》！」

そして、戦士のスキルを発動。

魔力を消費し、自らのSTRを一時的に二十%高めることのできる技だ。

赤いオーラのようなものが俺の身体を覆うと共に高揚感のようなものが増してくる。

名前　アマシキ　ツカサ

ＬＶ14
種族　人族
性別　男
職業【戦士（転職師）】
ジョブＬＶ１（転職師ジョブＬＶ12）
ＨＰ　２２７
ＭＰ　９６０／１０２０
ＳＴＲ　２６２（＋30）
ＩＮＴ　１８９（＋20）
ＡＧＩ　１９５
ＤＥＸ　２６０（＋１５０）

『戦士の鼓舞』によりＳＴＲが20％上昇中。継続時間は３分。


ステータスを見ると、きちんとＳＴＲが上昇していた。

消費魔力四十ほどか。それだけで三分間この状態が続くのなら悪くない。

本来、戦士はＨＰ、ＳＴＲ、ＤＥＦに特化する固有職だ。ＭＰに対する恩恵は小さく、こういったスキルによる魔力消費は不得意なのであるが、他の固有職による恩恵を受けている俺の場合は別でガンガン使えるな。

特に気配を消さずに近づいていくと、ブラックウルフがこちらに気付いた。

ブラックウルフはうなり声を上げると、一直線にこちらに近づいてくる。

意思疎通を図る時間などまったくない。統率のとれた動きだ。

「戦士の投擲《オーバースロウ》！」

俺は腰にぶら下げている手斧を二本手にすると、ブラックウルフ目がけて投げる。

すると、縦回転して投擲された手斧は戦闘を走ってくるブラックウルフの頭を粉砕した。

ブラックウルフの頭がなくなり、胴体が走り方を忘れたかのように地に沈む。

そして、二頭のブラックウルフを粉砕した手斧は、グルグルと回って俺の手に戻ってきた。

「うわっ、すごい威力だな」

ステータスが大幅に上がったせいだろう。小手調べに放った程度の技でブラックウルフを粉砕してしまった。

手斧でこれなら、背負っているアイアンアックスを振り回したらどうなることやら。

手斧を仕舞って、アイアンアックスを構えた。

突撃してくるブラックウルフを迎撃するために待ち構える——が、相手が急ブレーキを踏むと、こちらに背中を向けだした。

「は？」

明らかなオーバーキルによって彼我の力量差を理解したのだろう。

ブラックウルフが一目散に逃げようとする。魔物もそんな風に撤退なんてするのか。

なんて感心している場合ではない。せっかくの討伐目標を逃がしてたまるものか。

「戦士の叫び《ウォーリアークライ》！」

前方に向かって攻撃的な赤い光が放たれる。

これは相手にプレッシャーをかけて、注意を引くスキルだ。

逃げようとしていたブラックウルフは、戦士の圧力によってどうしても相対せざるを得ない。

しかし、本能では逃走したい気持ちが強いらしく、ブラックウルフたちの足並みが乱れた。

明らかに隙だらけだったので一気に駆け出し、ブラックウルフ目がけてアイアンアックスを振るった。

たった一撃であっさりと首や胴体を切断することができ、確かめるまでもなく三頭のブラックウルフは絶命した。それと同時にレベルアップの音が鳴り響く。

名前　アマシキ　ツカサ
ＬＶ14
種族　人族
性別　男
職業【戦士（転職師）】
ジョブＬＶ３　（転職師ジョブＬＶ12）

HP　２３７
MP　９６０／１０３５
STR　２２９（＋30）
INT　１９３（＋20）
AGI　２００
DEF　２７０（＋１５０）

ステータスを確認してみると、戦士のジョブレベルが二つ上がっていた。

戦闘を終えたちょうどで『戦士の鼓舞』の効果が切れたのだろう。STRの数値が正常なものになっていた。

HP、STR、DEFに恩恵が出るらしく、その三つの数値が上がっている。

逆にMPやINTなんかはからっきしなせいか、他の固有職に比べると一番伸び率が悪い。まあ、こちらについては他の固有職で補えるので問題ないだろう。

「やっぱり装備が整っていると安定感が違うな」

圧倒的なステータス差こそあったものの、しっかりとした武器や防具があるというのは有難い。

状況に合わせて武器を使いわけられる上に、接近され攻撃を受けても何とかなるという安心感がある。

その頼もしさはより俺を冷静にさせることができ、より安定したパフォーマンスを生み出すことができる。

「よし、このままドンドンと装備を試していくか！」

俺は他の固有職に転職し、各々の装備を確認しながらブラックウルフを二十五頭討伐した。

23話　目指すべき上位固有職

ブラックウルフを討伐した翌日。

冒険者ギルドにやってきた俺は、ステータスの確認をしていた。

名前　アマシキ　ツカサ
LV17
種族　人族
性別　男
職業【魔法使い（転職師）】
ジョブLV10（転職師ジョブLV14）
HP　276
MP　1139／1139

ＳＴＲ　２２８
ＩＮＴ　２３５　（＋40）
ＡＧＩ　２２０
ＤＥＸ　１８６　（＋40）

昨日、ブラックウルフを二十五頭討伐したお陰で、全体的にステータスが上がっていた。

現在は魔法使いに合わせた装備を身に着けているので、戦士の時よりもＳＴＲとＤＥＸは下だ。

代わりに防刃繊維の組み込まれたローブやＩＮＴをアップさせる指輪をつけているので、ステータスは微妙に変動していた。

それでもちょっと頼りなく思えるが、あの突出したＳＴＲとＤＥＸは戦士だからこそ出せる数値であって、あれを基準としてはいけない。

さて、現在の全体的な固有職のジョブレベルを纏めてみよう。

魔法使い、剣士、槍使い、盗賊、薬師のレベル十。

転職師がレベル十四、錬金術師レベル六、戦士レベル七、狩人レベル四。

こんな感じだ。

アイテムボックス解放のために上げた固有職の五つが十になっており、転職師のジョブレベルが突出している。

それ以外の使用頻度の低いジョブレベルは十を下回っている感じだ。

これらを総合した上で、今後の方針をどうするべきか。

まだまだ俺が転職していない固有職はたくさんある。

僧侶、騎士、付与術士、吟遊詩人、商人、鍛冶師、魔物使いなど。

これらの固有職のジョブレベルを上げて、全体的なステータスを底上げし、数多のスキルを獲得する。

あるいはその先にある上位固有職を目指し、大幅なステータスの上昇と、より強力な能力やスキルの獲得を目指すか。

上位固有職とは、固有職のさらに先にあると言われている固有職だ。

魔法騎士、聖騎士、暗殺者、召喚士、神官といった通常の固有職とは一線を画した能力やスキルを扱えるのが特徴であり、これらの上位固有職は転職師である俺でも最初から転職することはできない。

ただし、転職師の恩恵のお陰か、上位固有職に至るための道筋は示されている。

たとえば、魔法騎士であれば、魔法使いと剣士のジョブレベルを三十にまで上げることで転職可能だ。

重騎士であれば、戦士と騎士のジョブレベルを四十ずつまで上げることによって転職できる。

しかし、上位固有職のすべてがジョブレベルを上げれば、転職できるわけではない。

暗殺者であれば、盗賊のジョブレベルを四十にまで上げるのが最低条件であるが、特殊項目として魔物と人間を三十ほど暗殺する必要がある。

他にも特殊な魔物を討伐しなければいけないケースもあったりと様々であり、上位固有職に至るのは容易ではないのだ。

でも、ルイサが話してくれたSランク冒険者のように上位固有職に到達している者はいる。

俺以外の一般人は、転職できるわけではない。

そんな中で【魔法使い】と【剣士】のジョブレベルをどうやって上げたのだろう?

転職でもしなければ、魔法剣士になるのは不可能のような気がする。

俺が知らない上位固有職に至る道があるのか、あるいはこれらの条件は転職師である俺だから課せられたものなのか。今のところ判別はつかない。

ただ仮にわかっていようとも固有職持ちの人は秘匿するだろうな。あるいは一子相伝として家族にだけ伝えるか。

これだけ固有職が特別な力を秘めている世界ならば、十分にあり得るだろう。

話は逸れてしまったが、そんなわけで俺が取れる方針は二つだ。

他の固有職のジョブレベルを上げるか、現状最も目指しやすい上位固有職の魔法剣士を目指すか。

順当に進めるなら様々な固有職のジョブレベルを上げるのが手堅いのかもしれないが、やはり上位固有職というのが気になった。

「よし、魔法剣士を目指すか」

俺はジョブホッパー。様々なキャリアを積み上げて、より高みを目指すもの。

より高いキャリアをつかみ取れるのであればそれを逃しておく手はない。

そんなわけで、ひとまずの目標は魔法使いと剣士のジョブレベルを上げることだ。

魔法使いのジョブレベルを上げやすい依頼を探そう。

「なあ、あんたが最近有名な【魔法使い】のツカサだよな？」

そう思って依頼書を見ていると、不意に声をかけられた。

振り向くと、明るい髪色をした同年代くらいの男と、仲間らしい男と女が一人ずついた。

「は、はぁ」

「悪い。先に名乗っておくべきだったな。俺の名はグレン。Dランク冒険者だ。こっちの槍を持っているのがスミス。弓を背負っている女がジレナだ」

グレンという男が紹介をすると、仲間らしくスミスとジレナがこくりと頭を下げた。

スミスはちょっと遊び人って感じがしてチャラく、ジレナは冷静で真面目そうな女性だな。

「ちなみに俺は【剣士】の固有職を持っている」

どこか自信にあふれた笑みを見て、鑑定をしてみると確かにグレンは剣士の固有職を持っていた。

このギルドにも固有職を持っている冒険者がいたのか。

「はじめまして、【魔法使い】のツカサです。それでグレンさんは私になんのご用でしょう？」

「率直に言おう。俺たちと一緒に討伐依頼を受けないか？」

「……それはパーティーを組むってことですか？」

「そうだ。とはいっても正式なパーティーじゃなくて臨時だ。勿論、【魔法使い】のツカサがうちのパーティーに入ってくれるなら大歓迎だがな」

などと陽気に笑うグレン。

決して丁寧な態度と言葉遣いとはいえないが、不思議と不快感を抱かない相手だ。

相手の懐に潜り込むのが上手いのだろう。やり手の営業職仲間を思い出すようで懐かしい。

「なるほど。まずは詳しい話を聞かせてください」

「わかった」

グレンから詳しい話を聞くと、今回の討伐はスケルトンという魔物らしい。

場所はラッセルから南西に七キロほど離れたところにある、嘆きの平原。

そこに湧いたスケルトンは数が多い上に、魔法を扱うスケルトンメイジという個体がいるらしい。

さらに地面がぬかるんでいることもあって、剣士であるグレンがいても、ちょっと危険が大きい依頼のようだ。

後衛に弓を使えるジレナがいるが、スケルトンの身体は非常に面積が小さく、スムーズに処理できるとは言い難いようだ。

そんなわけで戦線を安定させるために、魔法使いである俺を誘ったらしい。

「誘っておいてアレだが、ツカサのレベルを聞いてもいいか？」

経緯を軽く説明すると、グレンが尋ねてくる。

他人のレベルをいきなり尋ねるのは失礼だが、パーティーを組む以上は共有しておいた方がいい。

適正レベルの高い場所に、レベルの低い者を連れていくのは自殺行為だ。

「レベルが十七で、魔法使いのジョブレベルが十です」

レベルとジョブレベルを告げると、ジレナ、スミス、グレンが軽く目を見開いた。

「Eランクにしては高いわね！　私と同じじゃない！」

「さすがはソロでハイゴブリンを討伐するだけはある！」

「スケルトンの平均レベルは十五だが、それだけのレベルと固有職があれば十分だな」

ちなみにグレンのレベルは二十二、スミスが十九でジレナが十七だった。

しかし、多数の固有職の恩恵があるお陰か俺よりもステータスの数値はかなり低い。

彼らでも通用するのであれば、俺が通用しない道理はない。

「依頼の概要としてはこんな感じだ。どうだ？　俺たちと一緒に依頼を受けてくれるか？」

グレンたちが俺を誘った理由も理解できる。話していて不快にもならず、不審な点も見当たらなかった。

錬金術師のような高慢な感じもしなかったし、グレンたちとなら一緒に依頼を受けてみるのもアリだろう。

ちょうど魔法剣士を目指すために、魔法使いのレベルを上げたかったところだ。

それになにより自分以外の固有職持ちが、どのように戦っているのか見たい気持ちも強い。

「わかりました。臨時でパーティーを組みましょう」

「おお！　ありがとな！　よろしく頼むぜ、ツカサ！」

こうして俺は臨時パーティーを組み、スケルトンの討伐に向かうことになった。

24話　臨時パーティー

グレンたちとパーティーを組んだ俺は、ラッセルの街から出て南西に進んでいた。

いつも受ける依頼は近くの森ばかりだったので、平原地帯にやってくるのは初めてである。

視界には一面に緑が広がっており、清々しいまでに青空に白い雲が悠々と浮かんでいる。

とても美しい光景であり、いいお散歩日和だ。この先にアンデッドの湧いてくる平原があるとは思えないくらいだな。

「グレンさんは、どうやって剣士の固有職があると気付いたんですか？」

今日はせっかくパーティーを組んでいるんだ。

円滑に仕事をこなすためにも積極的に話しかける。

特にグレンは固有職持ちということもあって、色々と話を聞いてみたい。

「最初に力を自覚したのは六歳の時だったな。木の棒を振り回すと妙にしっくりときてよ、試しにステータスプレートを見てみると、固有職の欄に剣士って書いてあったんだ」

ふむ、どうやらグレンの場合生まれながらに固有職を授かっていたというわけでもないようだ。

その辺りの仕組みがどうなっているのかは知らないが、ある程度育った状態でも獲得することがあるようだ。興味深い。

「ツカサの場合はどうだったんだ？」

感心して聞いていると、今度はグレンから尋ねられる。

魔法使いの獲得の経緯が気になるのか、スミスやジレナも興味津々な様子でこちらを見つめていた。

「私が獲得したのはつい最近ですね。魔物に襲われて死にそうになった時、咄嗟に魔法の使い方がわかったというか……」

実際は転職師の力のお陰なので脚色が入っているが、決して嘘ではない。

「その前から魔力操作や魔法について学んでいたとかではなかったの？」

「まったく。ただの村人でした」

それまでは魔力や魔法なんてものとは、まったく縁がない世界にいたんだ。当然、魔法を扱う素養なんてなかった。

まあ、実際魔法使いの固有職がなくても、多少は魔法を扱うことができる。

とはいえ、固有職の者が扱う魔法に比べれば、威力や魔力効率は大きく劣るみたいだが。

「その年齢になって獲得したってのは珍しいな。固有職を持っている奴等は大抵、子供の時から持っているものだからな」

「そうなのですか」

どうやらこの世界での一般的な固有職の獲得は幼少期の頃が多いようだ。稀に俺のように大人になってから獲得する者がいるようだが、どういった理屈なのか詳しく解明されていないようだ。

「固有職の話は、すればすれほど謎が多いですね」

「一説には教会が信仰している固有職神が与えられているとも言われている。が、実際のところはどうかわからん。気になるのはわかるが、あまり深入りし過ぎないようにな」

思わず呟くと、グレンが真剣な顔で言う。

どうやらそういった神を信仰している人の前でこの話題はタブーのようだ。

「ご忠告ありがとうございます」

固有職に関する話をする時は、注意することにしよう。

「おっと、魔物のお出ましだな」

そんな風に雑談をしていると、グレンがいち早く魔物の気配に気付いた。

前方を見ると、二メートルほどの体躯をしたオークがこちらにやってきていた。

オーク
LV12
HP 88
MP 35／35
STR 66
INT 13
AGI 27

DEX　48

鑑定してみると、HP、STR、DEXが突出していた。

タフな身体とパワーで無理矢理押し込んでくる魔物って感じだな。

「オークが三体か。準備運動にちょうどいい。ツカサは後ろで俺たちの動きや戦い方を見ていてくれ」

「わかりました」

俺は今回の依頼のために臨時で同行しているに過ぎない。

いきなり戦闘をしても連携を合わせるのは難しい。

まずは三人の動きをしっかりと観察し、どのように動くか把握するのがいいだろう。

グレンの言い分に納得した俺は、駆け出した三人を見送ることにした。

俺以外の剣士がどんな風に立ち回るのか、楽しみだ。

「ゴオオオッ！」

オークが低い唸り声を上げて走ってくる。

最初に攻撃を仕掛けたのはジレナだ。

素早く矢を番えると、先頭のオークの顔目がけて発射する。

正面から飛来してくる矢をオークは棍棒で振り払った。

ちょっとの牽制にしかならない攻撃だが、その動作のせいでグレンやスミスへの意識が逸れた。

「疾風」

その瞬間、グレンが加速する。

疾風とは剣士のジョブレベルが十になった瞬間に得られるスキルだ。

一秒ごとに魔力を五消費するが、ＡＧＩを二十％ほど上昇させることができる。

スキルにより加速したグレンは、オークの足元に入り込むと剣を横薙ぎに振るった。

「一閃」

グレンの強力な一撃に、オークの左足が切断された。

片方の足を失ったせいでバランスを崩してしまうオーク。

それを予期していたのかスミスは跳躍し、体勢を崩したオークの額に強烈な突きを入れた。

高いＨＰとＤＥＸを誇るオークであるが、急所への一撃には堪らずダウン。

仲間がやられたことによる怒りか、二体のオークが猛烈な勢いで棍棒を振り下ろす。

グレンとスミスは軽快な動きでそれを回避すると、二手に分かれてそれぞれのオークを相手取った。

グレンが近づくと、オークは棍棒を持っていない左腕を振り払って押しのけようとする。

「疾風」

後退して離脱するかと思いきや、グレンはスキルを発動させて潜り込んだ。

オークの足を斬りつけると離脱。

「疾風」

そして、またスキルを発動させて側面に回ってオークを斬りつけた。

スキルを発動し、すぐに中断……そして、またすぐに発動させている。

「なるほど。ああいったタイミングで使えば、最小限の魔力消費で相手を翻弄することができるのか」

疾風の発動中はＡＧＩを加速させることができるが、長時間発動していると魔力消費が激しい。そのためグレンは一瞬だけ疾風を発動させ、動きに緩急をつけるためのものとして使っているようだ。

急加速したかと思いきや、また普通の速度に戻る。その転調にオークはまったくついていくことができず、終始戦闘の主導権はグレンが握っていた。

やがて、グレンの攻撃に堪え切れなくなったオークが地面に沈んだ。

グレンの戦闘が終わり、もう一方に視線をやるとスミスとジレナが余裕をもってオークと対峙していた。

スミスはオークの棍棒を回避すると、華麗な槍捌きで膝裏、腱といった弱点部位を突いていく。

チャラい見た目をしているが、意外と実直な戦い方をするものだ。

チクチクとした攻撃に苛立ちが募ったのだろう。

オークがスミスに怒りの眼差しを向けるが、飛来した矢が目を射貫いた。

目を射貫かれたオークは悲痛な叫び声を上げて目を覆う。

その隙をスミスが逃すはずもなく、オークの心臓部に槍を突き刺して倒した。

「どうだツカサ？」

戦闘が終わるとグレンが得意げな表情で聞いてくる。

「グレンさんが敵の懐に飛び込んで攪乱、スミスさんが丁寧な立ち回りで処理。ジレナはじっくりと後方で控え、相手を牽制しつつ、隙を見て急所を射貫く……前衛と後衛がしっかりと役割を果たし、安定しているパーティーだと思いました」

「お、おお。改めてそんな風に言われると照れくさいな」

真面目にコメントし過ぎただろうか。でも、グレンだけじゃなく、スミスやジレナもちょっと嬉しそうだ。動きを褒められて気を悪くする人はいないので、いいだろう。

「まあ、大まかな動きはツカサの言う通り。魔法を使って援護する時は上手く合わせてくれると助かる」

「わかりました」

グレンは剣士の固有職を持っているお陰で突破力がある。

戦闘になった際は、彼の突破力を活かせるように邪魔者を排除するか、相手の動きを阻害するような援護をすれば良さそうだな。

スミスの方はグレンに比べると、攻撃力は足りないが実に堅実な戦いをする。

ある程度の隙を出させる魔法を飛ばせば、確実に敵を沈めてくれそうだ。

「また来たわ！　オークが二体よ！」

グレンたちの戦闘を振り返って考えていると、ジレナの鋭い声が上がった。

俺たちの戦闘を聞きつけたのか、またしても前方からオークがやってきた。

「よし、今度はツカサの魔法を見せてくれ。うち漏らしても大丈夫だ。俺たちが控えているから気楽にな」

「わかりました」

オークとの距離は二十メートル以上ある。さすがにこれだけ近い距離で、あれだけデカい図体をしていれば魔法を外すことはない。

俺は足元にある土を媒介にして、大きな槍を二つ生成する。

お、レベルが上がってステータスが上がったお陰か少ない魔力で作れるようになっているな。

オークの巨体を一撃で貫けるように魔力を圧縮して硬度を上げると同時に、貫通力を上げるために先端を鋭利にしていく。

「岩槍」

魔法が完成すると、こちらに直進してくるオークに放った。

勢いよく撃ち出された岩槍は、二体のオークの腹をぶち抜く。

当然、オークはそれに堪え切れるはずもなく、崩れ落ちるように倒れた。

「こんな感じですかね」

「す、すげえ、これが【魔法使い】の力なのか！」

「あのタフなオークを一撃で倒しちまうとは……」

まさか一撃で倒せるとは思っていなかったのだろう。グレンとスミスが驚きの表情を浮かべていた。

「私、いらない子な気がしてきたわ」

そして、俺と同じ後衛に分類されるジレナが若干いじけ気味だった。

確かに完全に上位互換な気はするが、ジレナの冷静な観察力と、精密射撃による援護は非常に頼りになる。だからいじけないでほしい。

「ギルドで最速のランクアップを果たした新人の実力は伊達じゃないってことだな！　本番でも頼りにさせてもらうぜ？」

「任せてください」

グレンの笑みを浮かべながらの言葉に、俺はしっかりと頷くのだった。

25話　嘆きの平原

平原でオークの他に何度か戦闘を重ねて、それぞれの動きを確認しながら進んでいくことしばらく。

あれだけ牧歌的だった平原は見事に姿を変えていた。

「急に草木がまったく生えなくなりましたね」

周囲には霧が立ち込めており、見渡せるのは精々五メートル先くらいだろう。

地面に草木はまったく生えておらず、ぬかるみの大地となっている。

湿った空気に包まれており、歩いているだけでどんよりとした気分になる。

周囲に魔物の気配は皆無で、俺たちが水たまりを踏みしめる音がやけに大きく響く。

「ここは昔、何度も戦争で使われた場所でな。多くの人が亡くなったせいで、淀んだ魔力が漂って

いる」

「淀んだ魔力は草木を腐らせ、アンデッドを生み出す。まさに負の連鎖ってやつだな」

地形の変わりように驚いていると、グレンとスミスが説明してくれる。

魔力とは人に恩恵を与える反面、そういった負の効果を与えることもあるようだ。

不思議な現象だな。

「見てわかる通り、霧で視界が悪い上に、足元も悪い。奇襲を受けやすいから注意してくれ」

「わかりました」

話には聞いていたが、これだけ霧が濃いと厄介だな。

満足に周囲を見渡すことができない。

依頼の目的はスケルトンメイジ一体の討伐と、スケルトン五十体の討伐。

それだけ魔物が多く棲息しているということだ。十分に注意しないとな。

「右方にスケルトン、五体！」

周囲を警戒しながら進んでいると、スミスが声を上げた。

視線を向けると、そこには動く白骨死体がいた。

生前に身に着けていた鎧や剣を手にしているが、どちらも劣化しておりボロボロだ。

通常の魔物と違って、息遣いなどがないせいか察知できなかったな。

スケルトン

LV13
HP 56
MP 22／22
STR 42
INT 13
AGI 30
DEX 27

鑑定でステータスを確認してみると、それほど数値は高くない。

しかし、スケルトンの恐ろしいところは手足を斬り落としても動き続ける生命力と、物量による攻撃だとグレンに聞いた。

数値が弱いからといって侮らない方がいいだろう。

スミスとグレンが真っ先に反応して対処する。

発見が遅れてしまったために魔法を放とうにもスミスと射線が被っており困難。

「風魔法でスケルトンを崩します。『風撃《ウインド》』」

岩槍や火球などによる殲滅を諦めた俺は、スケルトンたちのいる中心地点に風魔法を発動させた。

中央から外側に放たれた風の衝撃で、スケルトンたちが尻もちをついた。

大きく後方に吹き飛ばされたスケルトンは、即座にジレナが矢を番えて頭蓋を射貫いてくれた。

「よし、今のうちだ！」

「おお！」

グレンとスミスが声を合わせて飛び出していく。

ぬかるんだ地面のせいで平原の戦闘よりも動きは遅いが、スケルトンは満足に立ち上がることはできず一方的な攻撃を撃ち込むことができていた。

後は前衛の二人の独壇場だろう。これ以上の後ろからの攻撃は邪魔にしかならない。

「……あのスケルトンまだ動いていますね」

とはいえ、頭を射貫かれたせいだろう。出会った当初のように動くことはなく、這いずることしかできない。

頭を潰すことで、ほとんど身動きが取れなくなっているので一応は弱点だと思っていいだろう。

しかし、それでもなお動いている様子を見るに、過信しない方が良さそうだ。

「しつこいアンデッドね！」

ジレナは矢を番えず、落ちている石を拾い上げてスケルトンに投げた。

勢いよく投げ込まれた石は、這いずるスケルトンのあばら骨を粉砕。

追撃を受けたことでスケルトンは動かなくなった。

ステータスの恩恵を受けている人間なら、ただの石投げでもあれくらいの威力が出るのか。

ジレナよりＳＴＲが高い俺なら命中するかはともかく、もっと威力は出そうだな。

なんて呑気に思っていると、不意に後ろから気配を感じた。

「ッ！」

振り返ると、スケルトンが近くまで迫っていた。

息遣いや気配のようなものが皆無だったので、まったく接近に気付かなかった。

火球を発動するには距離が近過ぎて、炎や爆発に巻き込まれる恐れがある。

俺は瞬装を使って速やかに剣を装備すると、スケルトンを一刀両断した。

「大丈夫か、ツカサ⁉」

「というか、今の剣捌きめちゃくちゃ良くなかったか？」

五体のスケルトンを手早く処理したグレンとスミスが、こちらに戻ってきてくれる。

俺が剣で倒した姿を見ていたのだろう。グレンとスミスが目を丸くしている。

「護身程度の嗜みですよ」

「その割にはかなり振りがしっかりしていたが……まあ、今はそんなことを気にしてる場合じゃないな」

斬り捨てた個体の後ろには、十数体ほどのスケルトンがいた。

視界が限られた中でもこれだけたくさんいるのだ。遠くからもっと多くのスケルトンが接近していると考えていいだろう。

「俺とスミスが前に出る。ツカサとジレナは援護を頼む」

「わかったわ」

「わかりました」

グレンとスミスが前に出ていく。

グレンが剣でスケルトンを真っ二つにし、スミスが槍を薙ぎ払って二体のスケルトンを転ばせる。

倒れた二体のスケルトンをスミスが槍で砕くと、グレンがまた前に出て三体のスケルトンを斬り伏せる。

数体のスケルトンであれば、グレンとスミスで容易に倒すことができる。

俺たちの役目は前に出た二人を囲ませないようにすることだ。

俺は岩槍を飛ばし、ジレナは矢を放って、二人を囲もうとするスケルトンを処理していく。

「ツカサ！　後ろからもスケルトン四体！」

「纏めて処理します」

スケルトンも前方からばかりくるわけではない。

ジレナが察知してくれたスケルトンに四つの火球を放ち、一気に爆散させた。

こういう時に欲しいのが相手を索敵できるようなスキルだな。

事前に相手さえ察知することができれば、今みたいに一気に相手を殲滅できる。

しかし、現在の固有職で相手を索敵できるスキルはない。

狩人がそれに近い能力を持っているが、あれはあくまで山や森といった自然物の観察や痕跡を見つけての索敵だ。こういった自然物のない場所では発揮することができない。

狩人の現在のジョブレベルは四。

レベルを十に引き上げることができれば、索敵系のスキルが解放されるかもしれないな。

基本的に狩人は自然の中での活動や索敵を得意としている固有職だ。

そういったスキルが獲得できる可能性は十分あり得るだろう。

勿論、索敵とはまったく違うスキルになるかもしれないが、その時は今のままで頑張るしかないだろう。

俺はこっそりと転職をし、魔法使いから狩人になる。

狩人のまま魔法を使うのは大きく魔力を消費してしまうが、自分で作った魔力回復ポーションが潤沢にあることだし問題ない。

魔法の威力は減退してしまうが、元々スケルトンを相手にオーバーキル気味だったのでこちらも大丈夫だろう。

俺は狩人のまま火球や風撃を放って、スケルトンを爆散させていく。

岩槍も十分に効果を発揮してくれるがスケルトン相手にはこういった爆撃や、衝撃の方が効率が良い。

体が骨で構成されているので貫通や斬撃といった攻撃よりも、粉砕や衝撃といった攻撃の方に弱いのだろう。

四方から押し寄せるスケルトンに対し、グレンたちと声をかけて迎撃する。

スケルトンの平均LVは十五。倒していくとレベルが上がっていく。

狩人のジョブレベルは四と低いこともあり、数体倒すだけで面白いほどの勢いでジョブレベルが上がっていた。

狩人になった状態で二十体ほどのスケルトンを魔法で始末すると、狩人のジョブレベルが十になった。

名前　アマシキ　ツカサ
LV19
種族　人族
性別　男
職業【狩人（転職師）】
ジョブLV10　（転職師ジョブLV15）
HP　304
MP　430／1227
STR　249
INT　288　（＋40）
AGI　259
DEX　220　（＋40）

【狩人のジョブレベルが十に到達。スキル『索敵』を獲得しました】

——索敵
魔力を消費して、周囲に存在する人物や魔物の位置情報を得る。
索敵範囲はスキルの熟練度と魔力によって変動する。

詳細を確認してみると、俺が予想していたスキルを獲得することができた。

「索敵」

早速スキルを発動すると、俺を中心にソナーのように魔力が広がった。

それに引っ掛かったスケルトンが、視界でくっきりと表示されている。

敵がどこからやってきて、どのくらいの距離にいるかがわかれば対処は容易い。

俺は狩人から魔法使いに転職する。

「火球」

スケルトンを迎撃するのに必要な五つの火球を生成すると、優先順位が高い個体に狙いをつけて射出した。濃霧の中に消えていく火球。

「ツカサ⁉　闇雲に撃っても当たらないわよ⁉」

「いいえ、闇雲じゃないですよ」

傍にいたジレナからすれば、俺がやけを起こしたかのように見えたのかもしれない。

しかし、大丈夫だ。俺の索敵スキルでは、しっかりと爆散するスケルトンが見えている。

スケルトンが活動停止したことがわかると、スケルトンはスキルで表示されなくなった。

魔法使いになっても索敵の効果は持続するようで、そのことに安堵する
「魔法で索敵ができるようになりました。ジレナさん、左方向からスケルトンが二体きます。矢を構えてください」

「索敵ができるようになったって——わっ、本当に来たわね」

戸惑いつつも俺の言う通りの場所に矢を構えていたジレナは、速やかに額を射貫いてスケルトンを倒した。

「よくわからないけど、ツカサの指示に従うわ。スケルトンがやってくる方向を教えてちょうだい！」

「わかりました」

今のやり取りで俺の索敵能力が本物だとわかったのだろう。

指示を出すと、ジレナが信じて矢を放ってくれる。

事前にやってくる個数と方角さえわかれば対処は簡単だ。

俺とジレナは押し寄せてくるスケルトンを掃討し、グレンやスミスのカバーもできるほどの余裕を取り戻すのだった。

26話　スケルトンメイジ

「……数が多いな」

スケルトンを倒し、四回ほどジョブレベルが上がるのを感じた頃。

既に俺のスケルトンの討伐数は五十を超えていた。

索敵スキルを使って、一方的に遠距離から攻撃を加えれば、このような結果になるのは当然だった。

「ここ最近、スケルトンの討伐があまり行われなかったせいでしょうね」

傍にいたジレナが矢を放ちつつ言う。

放っておいたが故に、漂っている魔力がさらに淀んでスケルトンが増えたようだ。

ラッセルから遠い上に、この濃霧とぬかるんだ地面だ。冒険者たちが進んで討伐依頼を受けたがらない気持ちはわかる。

そのせいで俺たちにしわ寄せがきているというのは複雑だが、お陰で魔法使いのジョブレベルがぐんぐんと上がっているので良しとしよう。

索敵を併用しながらの魔法攻撃は実に経験値効率がいいしな。

「ツカサはどれだけ倒した？」

「五十二体です」

「私はその半分くらいだけど、ツカサ一人の戦果で討伐数は達成されているわね」

「後はスケルトンメイジですね」

「ええ、討伐ランクはDだけど、限りなくCに近い魔物よ。魔法も使ってくるから気を付けてね」

ハイゴブリンに近い位置づけか。

冒険者ギルドの定めた討伐ランクは、どうも差が激しいように感じるな。

まあ、魔物の具体的な強さや対峙する冒険者との相性もあるし、一概には言えないので難しいのだろうな。

その討伐目標であるスケルトンメイジはどこにいるのか。

実は既に近づいてきているのかもしれない。

少し怖くなったので索敵を発動。

すると、大きな気配が一体こちらにやってくるのを察知した。

その個体はスケルトンとは姿が違う。

不気味な青いオーラを宿しており、魔法使いのようなローブを纏い、長い杖を手にしている。

スケルトンとの大きな違いはハッキリと魔力を宿しているのがわかる点だろう。

事前にグレンから聞いていたスケルトンメイジの特徴と一致している。

「前方から魔力を宿した大きな気配。恐らく、スケルトンメイジです！」

「わかった！」

火球を十個ほど出して、周囲にいるスケルトンを一掃しつつ情報を共有。

グレンとスミスは前に出るのを止《や》め、やってくるスケルトンメイジに備えた。

程なくして俺たちの前方にスケルトンメイジがやってくる。

スケルトンメイジ
LV20
HP　88
MP　220／220
STR　36
INT　102
AGI　46
DEF　36

鑑定してステータスを覗き見ると、ハイゴブリンを大きく上回る数値だった。

恐らく種族としてのランクがハイゴブリンよりも高いのだろう。

MPとINTが異常に高い。その代わり、その他のステータスはレベルの割に低い。完全に魔法に特化したステータスだな。

現れたスケルトンメイジは、宙を漂いながら俺たちを睥睨《へいげい》する。

眼光の奥には不気味な青い光が宿っており、見つめていると魂が抜かれるような錯覚を覚えた。

スケルトンメイジが杖を掲げ、不気味な文言と共に地面に魔法陣が広がる。

すると、魔法陣から数十体のスケルトンが出てきた。

しかし、ただのスケルトンではない。しっかりとした鎧を纏っている上に、剣や斧、弓といった多彩な武器を手にしていた。

「スケルトンウォリアーだ！」

スケルトンウォリアー
LV15
HP　66
MP　34／34
STR　54
INT　32
AGI　35
DEF　48

鑑定してみると、スケルトンとステータスが明らかに違うことがわかる。

スケルトンとは別の上位種族だと考えた方がいいだろう。

生み出されたスケルトンウォリアーの内、五体が弓を構えてこちらに射かけてきた。

「風魔法で散らします。『風壁《ウインドシールド》』」

「わかった！　前に出る！」

俺の言葉を信じて、グレンとスミスが直進していく。

スケルトンウォリアーの放った矢は、二人に降り注ぐ軌道を描いていたが、その軌道上に風壁が展開されることによって散らされた。

接近することのできたグレンとスミスがスケルトンウォリアーとぶつかる。

レベルが高く、装備がしっかりしているせいか、スケルトンほど楽に討伐はできないようだ。

スケルトンメイジのように突出したステータスはないが、ＳＴＲとＤＥＦが高く、粘り強い。

スケルトンメイジが自由に魔法を放つための前衛役なのだろう。

しかし、グレンも固有職持ちだ。剣士のスキルを併用しながら着実に崩していく。

それを見たスケルトンメイジがグレンとスミスに向けて杖を向けた。

魔法陣が浮かび上がって、そこから火球が撃ち出される。

予想していた俺は、同じように火球を放つことで相殺してやった。

青い眼光がこちらに合わさるのがわかった。骸骨なので表情の類《たぐい》は一切わからないが、なんとなく苛立っているような気配を感じた。

どうやら今の行いは大変お気に召さない行為だったらしい。

「スケルトンメイジは俺に任せてください。三人は召喚されたスケルトンを近づけないようにお願いします」

「わ、わかった！」

一人でスケルトンメイジ、ウォリアーの両方を相手にするのは難しいが、片方を任せることができるのであれば、楽に対処できるだろう。

スケルトンウォリアーの相手を三人に任せ、俺はスケルトンメイジと対峙する。

先に動き出したのはスケルトンメイジ。相手の長い杖がこちらに向いた。

杖の先端が光ったかと思うと、バチバチと音を立てながら稲妻が直進してくる。

「ツカサ！」

「大丈夫です」

ジレナが心配の声を上げるが問題ない。俺は即座に障壁を発動。

目の前で展開された魔力障壁は、スケルトンメイジの稲妻を無事に防いだ。

「お返しだ『雷撃《ライトニング》』」

障壁を解除すると、俺はショートワンドを掲げて雷魔法を放った。

スケルトンメイジも稲妻を放ってくる。

恐らく、俺の魔法を相殺しようとしているのだろうが無駄だ。

俺の雷撃は稲妻を一瞬で食い破ると、スケルトンメイジを襲った。

名前　アマシキ　ツカサ
ＬＶ19

種族　人族
性別　男
職業【魔法使い（転職師）】
ジョブLV14（転職師ジョブLV15）
HP　316
MP　420／1247
STR　257
INT　308（＋40）
AGI　267
DEF　228（＋40）

スケルトンメイジのINTが高いとはいえ、その数値は俺の三分の一だ。

魔法勝負をして、俺が競り負けるはずがない。

雷撃に呑まれたスケルトンメイジが落下する。

さすがに魔法特化だけあって、魔法に対する抵抗力が高いのだろう。

一撃でやられるようなことはなかった。

しかし、今の一撃で相当なダメージを負ったのは、よろめいている姿を見てわかる。

むくりと起き上がったスケルトンメイジは、こちらを見据えると杖を掲げて大量の火球を生成した。

およそ三十はあるだろうか。相手を侮っていたけど、追い詰められてようやく本気になったという様子だ。

「残念だが魔力量にも自信があるんだ」

俺は不敵な笑みを浮かべながらショートワンドを振るい、六十もの火球を生成する。

狩人の状態で魔法を使ったせいで、魔力が激減しているが、それでもスケルトンメイジの二倍以上の魔力量がある。

それに加え、魔法使いのパッシブスキル『魔力自動回復』によって魔力はそれなりに回復しているので、これくらいの火球を生み出すことくらい造作もなかった。

「ッ⁉」

アンデットに感情があるのか知らないが、魔力量の絶対的な差を目のあたりにしたスケルトンメイジはやや怖気づいたような反応をした。

それでも引くことはできないと判断したのだろう。

スケルトンメイジは杖を振るって一斉に火球を飛ばしてきた。

俺もショートワンドを振るって火球を射出する。

スケルトンメイジの飛ばしてきた火球に火球をぶつけて相殺。

残りの三十個を総動員し、そのままスケルトンメイジにぶつけた。

火球の大爆発の連鎖が巻き起こる。

激しい爆風で俺たちの周囲に漂っていた濃霧が晴れた。

爆発の中心地点には、スケルトンメイジの魔石だけが残っていた。

27話　兆候

脳内でレベルアップのBGMが鳴り響いた。

「スケルトンメイジを倒しました！」

「こっちも終わったぜ！」

俺がメイジを倒し終わると同時に、グレンたちもウォリアーを掃討できたようだ。

グレンたちの周りには文字通り、動かなくなった骸が多数散らばっていた。

スケルトンメイジとの戦いで魔力を大量に消費した俺は、念のためにポーチから魔力回復ポーションを取り出して飲んだ。

ほのかな苦みが喉を突き抜け、体内にある魔力がいくらか回復するのを感じた。

「たった一人でメイジを倒すなんてすごいじゃねえか！」

近寄っていくとグレンがバシッと背中を叩いてくる。

剣士の固有職を持っていて、それなりにSTRが高いだけあって中々の衝撃だった。

飲んだばかりのポーションが出てくるんじゃないかと思った。

「グレンさんたちが、スケルトンやウォリアーを引き付けてくれていたお陰ですよ」

「その若さで謙遜できるとは、大物になるな」

「これでEランクっていうのが信じられないわね」

スミスとジレナも俺の戦果を讃えてくれる。

まあ、ランクについては、まだ登録して一か月にも満たないのでしょうがない。

「ところで、スケルトンメイジの魔石はどうしましょう？」

基本的に獲得した素材は等分であるが、魔石はたった一つしかない。

「それはツカサが貰ってくれ。メイジを楽に倒すことができたのはツカサのお陰だからな」

「しかし、それでは……」

「今回の討伐でもっとも大きい貢献を果たしたのはツカサさ」

「素直に受け取ってちょうだい。そうでもしないと、私たちの面目が立たないし」

俺がメイジとの戦闘に集中できたのは、やってくるウォリアーやスケルトンを一手に引き受けてくれていた三人のお陰だ。一人だけの力ではない。

しかし、グレンたちの心境ではそうは思えないのだろう。

ランクが下の後輩が活躍したにもかかわらず、その成果を持っていくのは彼らの矜持《きょうじ》が許さないようだ。

前世の非生産的な職場なら絶対にあり得ないことだな。あそこはどれだけ他人の成果を奪えるかに全力を傾けている場所だったから。

そんな職場にひと時でも身を置いていた俺からすると、こういった他人の活躍を素直に賞賛できるのは非常に好ましく思えた。

「ありがとうございます。では、貰っておきます」

魔石を懐に仕舞う素振りを見せながらアイテムボックスに収納。

テキパキと討伐証明部位を回収すると、俺たちはラッセルに帰還した。

●

ラッセルの冒険者ギルドに戻ってくると、俺たちは討伐証明部位を提出した。

「随分と大量ですね……」

テーブルの上に積み上げられた骨を前にしてルイサが頬を引き攣らせた。

ちなみにスケルトンの討伐証明部位は仙骨と呼ばれる小さな骨なので、非常にコンパクトなサイズであり、他の骨と区別がつかないなんてことはない。

それでも百以上もの数があると異様な光景だな。

ルイサだけでなく、周囲で待機していた職員たちも手伝いに加わった。

他の受付では滅多にこんなことはないが、俺の卓ではよくある光景となりつつあった。

「今回はスケルトンの数が異様に多かった。もしかしたら、魔物暴走《スタンピード》の兆候かもしれない」

「貴重な情報ありがとうございます。ギルドとしては、急いで他の冒険者たちにも討伐を頼みたいと思います」

グレンの報告を聞き、ルイサが真剣な表情で頷いた。

「魔物暴走というのは……？」

「一定の場所で魔物が増え過ぎると、魔物たちが暴走して一斉に違う土地に移動するのよ」

「数だけではなく、魔力が活性化して普段よりもステータスが向上しているのが厄介だ」

尋ねると、ジレナとスミスが教えてくれた。

今回やたらとスケルトンの数が多かったのは、魔物暴走の兆候だったらしい。

そう考えると、やたらと数が多いのも納得だ。

そういった現象が起きないように冒険者が定期的に魔物を間引くのだが、嘆きの平原のような面倒な土地は放置されやすいからな。

緊急性の高い事態らしいが、さすがに俺たちは帰ってきたばかりで疲弊している。

俺たちよりもランクの高い冒険者たちに掃討を頼むようなので、後は任せていいだろう。

グレンの依頼報告が終わると、集計が終わって報酬を貰えることになった。

五十近いスケルトンとスケルトンメイジを討伐した俺の報酬は、二十万ゴル。

本来のDランク依頼よりも難易度が上昇していたことや、魔物暴走の兆候を見つけた貢献もあって報酬に随分と色がついている。

ちなみにスケルトンメイジの魔石には良質な魔力がこもっており、杖などの加工に使えるとのことだったので、ギルドで売却はせずに手元に残しておくことにした。

魔石にも売却した方がいいものと、保管しておいた方がいいものがあるみたいだ。

想定外の状況だったとはいえ、Dランクの依頼となると、EランクやFランクの報酬金額とは違うな。

ラッセルで慎ましく生活することを考えると、二か月は暮らせるだろう。

Dランクでこれならば、もっと上のランクに上がれば、一つの依頼をこなすだけで一年は余裕で暮らせるなんてこともありそうだ。夢が広がるな。

「Dランクの依頼でも大活躍されるとは、これは本当にランク詐欺ですね。ツカサさんは、早急にランクアップのために護衛依頼を受けることを勧めます」

ルイサの言葉を聞いた、グレン、スミス、ジレナが同意するように頷いていた。

彼らの目から見ても、俺の実力とランクは乖離《かいり》しているように見えるようだ。

Dランクに昇格するには、護衛依頼をこなす必要があるらしい。

集落からラッセルまでジゼルを護衛したことはあるが、あれは個人的な依頼であり、冒険者として登録する前なので正式なカウントにはならない。

しっかりとギルドの護衛依頼を受注して、こなす必要があるようだ。

「あはは、わかりました。受けられるタイミングで受けたいと思います」

護衛依頼となると他の街に移動することになる。

ランクアップを急ぐ気持ちもあるが、どうせならラッセルから離れる時に受けたいのが素直な気持ちだった。

まあ、今の目標は上位固有職である魔法剣士になることだ。

そこに到達してから受けても遅くはないだろう。

「さて、これで依頼は終わりだな。ツカサが手伝ってくれて助かった！」

「ツカサがいなかったら正直危ない時もあったしね。本当にありがとう」

「魔法使いと組んだのは初めてだったけど、異常に頼もしくて震えたぜ」

「いえいえ、こちらこそいい経験になりました。ありがとうございます。またご一緒できる機会があれば、お願いします」

達成報酬を受け取ると、仕事は終わりだ。

グレン、ジレナ、スミスに感謝の言葉を述べて握手をすると、ギルドを出ることにする。

去り際にグレンが何かを言いたそうにしていたが、敢えてそれには気付かないフリをした。

恐らく臨時ではなく、正式にパーティーに入らないかという誘いだろう。

仲間がいると、役割分担ができて非常に楽だった。

押し寄せる大量のスケルトンや、スケルトンメイジを楽に倒すことができたのがその証だろう。

しかし、俺の転職師という固有職はかなり特別だ。

自由に固有職を変えて戦う俺のスタイルはかなり変則的で、しっかりと役割の整っているパーティーに入ってもかき乱してしまうだけだろう。

グレンは剣士の固有職を持っている上に、性格もとてもいい。

スミスやジレナも固有職こそ持っていないものの、実に安定した立ち回りと連携を見せていた。

グレンのパーティーは既に完成している。

だからこそ、俺がそこに入るのは躊躇われた。

俺はジョブホッパー。

様々なスキルを積み上げて、さらなるキャリアップを目指して転職する。

一か所に定着する習性がないために、誰かとずっと行動するというのが馴染めないのかもしれないな。

今のところ一人で行き詰まっている感じもしないし、しばらくはソロで活動してひたすらにレベルを上げることにしよう。

28話　魔石の加工

嘆きの平原での討伐依頼をこなした翌日。

ポーションを売るためにリゼルの雑貨店に向かった。

「こんにちは。今日もポーションの買い取りを頼むよ」

「はいはい、お安い御用よ」

カランコロンと扉を開けて中に入ると、今日もご機嫌な様子でリゼルがやってくる。が、俺を見るなりピタリと動きを止めた。

「どうした？」

「少し見ない間に、またレベルを上げたわねー」

どうやら鑑定で俺のレベルを覗き、その数値に驚いたようだ。

「前よりもレベルが十以上増えてるし、ステータスも百以上増えてるじゃない。ツカサのステータスの伸び率おかしくない？」

十中八九、転職師とその他の固有職による恩恵だろうな。

「嘆きの平原で結構な数のスケルトンを倒したからな」

「ああ、魔物暴走が起こるかもしれないって言われてる場所よね。多くの冒険者が派遣されたお陰で今朝の売り上げがすごかったわ」

どうやら冒険者ギルドは、早速動いてくれたらしい。

それだけ魔物暴走をギルドが危険視しているのだろう。

そんな風に雑談をしながらランク一の治癒ポーション十五本をリゼルに鑑定してもらう。

錬金術師になって作ったポーションなので勿論品質に問題はない。

「今日は魔力回復ポーションもあるけど買うか？」

「買うわ！」

魔力回復ポーションはランク一で八千ゴル程度が相場だ。

こちらは六千ゴルで十本ほど売ることにした。

これで百二十八万ゴルほどを稼ぐことができたな。

ドランに装備を作成してもらって減ってしまった資金が一気に回復した。

お金が入ってくるルートは多ければ多いほど困ることはない。

冒険者稼業でなくても稼ぐことのできる固有職があるというのは素晴らしいな。

リゼルの店でポーションを売り払った俺は、そのままドランの工房に向かう。

工房にやってくるとドランは床を掃除していた。

鍛冶仕事以外の雑用をしている姿は、なんだか新鮮だ。

他に従業員がいない以上、こういった雑用も自分でやるしかないのだろう。

「おう、今日はどうした？」

「スケルトンメイジの魔石が手に入ったので、いい杖が作れないかなと」

スケルトンメイジの魔石を見せると、ドランが手にとって確認する。

「良質な魔力がこもってるな。これなら魔法使いのための杖が作れるだろう。ちなみに今のレベルはいくつだ？」

「二十二です」

「短期間でかなりレベルを上げたな。それなら今の杖から乗り換えて、二十レベルが適性の杖を使った方がいいな」

今使っているショートワンドは、レベルが十の頃に買った初心者装備だ。

買った頃に比べてレベルが倍になっているのであれば、ドランの言う通り買い替えた方がいいだろう。

「わかりました。では、その方向でお願いします」

「杖の大きさは前と同じでいいか？」

「はい、それでお願いします」

両手杖の方が魔法の威力は高いという利点があるが、取り回しがしづらいという欠点がある。

今のところ片手杖の方が携帯もしやすく、使い慣れているのでこのままでいきたい。

「だとしたら、これが妥当だな」

要望を伝えると、ドランが壁にかけている杖を持ってきた。

アークワンド
魔力の通しやすいマナタイトを使用しており、魔力伝導率が高い。

適性レベルは20。装備することによってＩＮＴが＋80。さらに消費ＭＰを１％減。


鑑定してみると、現在装備しているショートワンドと比べて、遥かに高性能だった。

「おお！　かなり性能がいいですね！」

「レベル適性が一つ上がれば、装備のレベルも劇的に変わるもんだ。これに魔石をつければ、もっと性能は上がるぞ」

アークワンドの先端には、ぱっかりと何かをはめるために空いているところがある。

恐らく、そこに魔物の魔石をはめ込むことで触媒になるのだろう。

ここからさらに性能が上がるとなると期待がさらに高くなる。

「では、これをください！」

他にもドランはいくつかの候補を見繕ってくれたが、スケルトンメイジの魔石を加工する上で最大の性能を誇るのはこの杖だった。だったら迷うことはない。

「わかった。魔石加工込みで二十万ゴルだ」

「……値段も劇的に変わりますね」

「それはどうしようもない」

今装備しているショートワンドは三万ゴルだった。六倍以上のお値段。

スケルトンメイジの討伐で稼いだお金が一気に吹き飛ぶな。

とはいえ、使われている素材のレベルや恩恵を考えれば当然だろう。

「払えないなら分割払いもできるが？」

おお、異世界でもそんな優しい支払いシステムが存在するのか。

「いえ、大丈夫です。一括でお支払いします」

「随分と稼いでいるな」

「まだまだですよ」

即座にお金を出したことでドランは感心していたが、大金を稼げているのはポーションのお陰だ。

本業である冒険者稼業だけであれば、これだけ潤沢に各固有職の装備は作れなかっただろうし、アークワンドを買うことも厳しかっただろう。冒険者稼業でももうちょっと稼げるようになりたいものだな。

「杖はいつ頃出来上がりますか？」

「魔石をつけて調整するだけだ。夕方には出来上がる」

「わかりました。では、夕方に取りにきます」

アークワンドの加工をドランに頼むと、俺はその足で冒険者ギルドに向かった。

ギルドにやってくると、いつもは多くの冒険者で賑わっているギルド内が閑散としていた。

冒険者の対応に忙しくしている職員さんも、心なしか暇そうにしている。

掲示板を見に行くと、ちょうどルイサが依頼書の整理をしているところだった。

何も話さずに依頼を物色するのもアレなので、軽く声をかける。

「今日は随分と静かですね」

「冒険者の皆さんには、嘆きの平原に行ってもらいましたから。いつもこれくらい静かだと私ものんびりできるのですけどね……」

などとルイサが本音を漏らした瞬間、近くを通った年齢が上の女性職員が咳払いをした。

どうやら上司だったらしく、ルイサがビクリと身体を震わせた。

「もし、お暇であれば、ツカサさんも行っていただいてもいいんですよ？」

「昨日行ってきたばかりなので勘弁してください」

「ですよね。さすがに固有職持ちのツカサさんでも、昨日の今日では無理にお願いできませんから」

勤務態度を改める意思表示として、俺に営業をかけないでほしい。

行けないことはないが、昨日行ってきたばかりでUターンは勘弁だ。

夕方にはアークワンドを受け取る必要もある。

「はい、ということで今日は軽めの採取依頼でお願いします」

リゼルの店にポーションを売り続けたせいか、最初に作ったポーションが随分と数を減らしてしまった。またポーションを作るために必要な素材は採取しておきたい。

そんなわけでドズル薬草、キリク草、ベースハーブなどの採取の依頼書を手に取った。

掲示板から受付に移動すると、ルイサが採取依頼の手続きを進めてくれる。

「今回の遠征で大量に薬草類が売れたので、いつも通りたくさん採取していただけると助かります」

どうやら前回と同じように数百単位での納品をご所望らしい。

依頼書には十本としか書いていないが、薬師のスキルを使えばそれくらい造作もないことだ。

「わかりました。では、行ってきます」

俺は苦笑しながら返事をして、冒険者ギルドを出発した。

29話　魔物暴走

ラッセルの街を出た俺は、いつも通り近くにある森にやってきた。

転職師の力で薬師へと転職すると、薬草感知のスキルを発動。

すると、視界でドズル薬草が赤いシルエットで検知された。

目的の薬草を見つけたら、後はひたすらに採取するだけだ。

視界にくっきりと表示されているドズル薬草を摘み取っていく。

前回はいくつか束にしたところで麻袋に放り込むという手間があったのだが、アイテムボックスを手に入れた今では必要のない作業だ。

中には前回採取した場所にもかかわらず繁茂しているところもある。ドズル薬草が生えて、成長するのはかなり早いようだ。

採取したら、次の薬草へ。

荷物にもならず、重量を気にする必要は一切ない。遠慮なく採取に集中できるというわけだ。

前回よりもハイペースでドズル薬草、キリク草、ベースハーブも採取していく。

それぞれの薬草の採取が五十を超えた頃。

並行して発動していた索敵スキルに反応があった。

前方からコボルトの群れが接近している。数は二十ほどだ。

「多いな」

それなりに集団行動をするとはいえ、これだけの数が固まって徘徊している姿は初めてだな。

さすがにこれだけの数がうろついているとおちおち採取もできない。

俺は転職することなく、そのまま薬師の状態で剣を抜いて突進。

忍び足を駆使して、近くにいたコボルトの懐まで飛び込むと、三体のコボルトの首を刎ねた。

ここでようやく敵襲に気付いたのか、コボルトたちが声を上げて戦闘態勢に入る。

低いレベルの割には妙に動きがいいな。

ちょっとした違和感を抱いたが、既に俺は群れの中心に潜り込んでおり、相手が槍を構えるよりも前に五体のコボルトを斬り捨てた。

コボルトの平均レベルは五。

それに比べて俺のレベルは嘆きの平原での戦いを経て、二十二となっている。基礎ステータス数値の差は二十倍以上。ＭＰに至っては百倍以上だ。

それだけの力量の差があるコボルトが、俺に敵うはずもなかった。

十秒もかからないうちに二十体ほどいたコボルトは地に沈むことになる。

「やたらと数が多かったな」

強さこそ脅威ではないものの数が多いので戸惑ってしまった。

血糊を振り払って剣を収納しようとしたところで、またしても大量の気配を感知した。

「お、おい！　お前も逃げろ！　魔物がバカみたいに多いんだ！」

振り返ると、木々の奥から駆け出しと思われる冒険者たちがやってくる。

その背後にはゴブリン、ブラックウルフなどがおり、その数は三十を超えていた。

この辺りの森は出現する魔物のレベルが低く、依頼を受けて活動する冒険者も低ランクばかりだ。

多少は戦えるとしても、これだけの数の魔物を相手にするのは難しい。

「魔法で殲滅するので俺の後ろへ！」

ショートワンドを前方に構える。

必死に走っている冒険者たちが後ろに回るのを確認すると、俺は魔法を放つ。

「旋風刃《ウインドエッジ》」

群れの中心点に発生させた風魔法は、ゴブリンとブラックウルフを瞬く間に切り刻む。

なんとか風から逃れようと走り出すが、強力な浮力には抗うことはできず、荒れ狂う風の刃に呑まれていった。

先頭を走っていた何体のゴブリンが何を逃れて接近してくるが、風撃で押し返して旋風刃の中に押し込んでやった。

魔物を殲滅すると、脳内でレベルアップの音が鳴り響く。

さっきのコボルトを合わせれば、五十体の魔物を討伐したことになる。

低レベルとはいえ、これだけの数を討伐するとそれなりに経験値が入るようだ。

「さすがは最速でランクアップした固有職持ち……」

「これが固有職の力なのか」

一瞬で魔物の群れを殲滅したことで冒険者たちが畏怖のような視線を向けてくる。

俺と視線が合うと、冒険者たちはビクリと身体を震わせて、滑らかな動きで土下座をした。

「す、すまない。魔物を引き連れるような真似をして！　決して悪意はなかったんだ！」

「ご、ごめんなさい！」

この世界でも誠意を見せたい時は土下座をするんだな。

冒険者ギルドにおいて、魔物を擦《なす》り付ける行為や、依頼の妨害、恐喝といった行為は重罪に当たる。

良くて冒険者資格の剥奪、最悪は憲兵に突き出されて罪に問われることもある。

この冒険者たちがこのように怯えてしまうのも当然だ。

「悪意がないのはわかっていましたので、特に糾弾《きゅうだん》するつもりはありませんよ」

俺が同情的な表情を向けると、冒険者たちはホッとしたような顔を浮かべた。

「ありがとう。助けてもらって感謝する」

「本当に悪意があれば忠告なんてしませんし、私を囮にするために攻撃したでしょうから」

「お、おお。前者はともかく後者は外道だな」

信用した理由を話すと、なぜか冒険者たちからドン引きされた。

そんなこと思いつきもしなかったというような顔だ。

そのことからこの者たちの善良性がわかるというものだろう。

「これだけの群れに襲われて災難でしたね」

「ああ、まったくだ。ちょっとゴブリンを討伐しにきただけなんだが、想像以上に魔物の数が多くてな」

「こちらも巻き込まれる前は、十五体のコボルトと戦いましたね」

「……俺たちだけじゃなかったのか」

「三体や五体ならともかく、さっきみたいな三十体とか明らかにおかしくない!?」

この森には薬草採取や討伐依頼で何度も足を運んでいる。魔物と遭遇することはあれど、このような大規模な数と遭遇することは初めてであった。

これと似たようなケースを昨日、ギルドで聞いたような気がする。

「もしかすると、魔物暴走の兆候……あるいは、既にもう起きているのかもしれません」

一定の場所で魔物が増え過ぎると、活性化して新たな土地を目指す。

今回の異様な魔物の数は、それに該当するとしか思えなかった。

「え⁉　だとしたらマズくない⁉」

「ラッセルにいる高位の冒険者は、ほとんどが嘆きの平原に行っている。残っているのは低位の冒険者ばかりだ」

昨日、俺とグレンたちの報告によって、ラッセルからは多くの冒険者が出て行ってしまっている。

「あなたたちはすぐにギルドに報告をしてください」

「あんたは⁉」

「俺は街が迎撃態勢を整えられるまでの時間を稼ぎます」

残っている戦力で魔物暴走を食い止めるのは非常に難しい。

だからこそ、事前に情報を通知して、しっかりとした迎撃態勢を整える必要があるだろう。

低位の冒険者しかいなくても、しっかりと迎撃態勢を整えれば、街を守ることができるかもしれない。

しかし、その間に魔物が街にたどり着いてしまえば終わりだ。

誰かがここで足止めをしておく必要があるだろう。

「危険だ！」

「大丈夫です。俺のレベルは二十三で、魔法使いの固有職を持っています。危なくなったら適当なところで引き揚げますよ」

ステータスカードを見せて、自らのレベルと固有職を見せる。

これほどのレベルになれば、中位の冒険者という枠組みに入る。

さっき魔物たちを殲滅したこともあり、無謀な行いとは思わないだろう。

「……わかった。俺たちはギルドに情報を持ち帰って迎撃態勢を整える！　あんたもヤバくなったらすぐに戻れよ！」

「ええ、命あっての冒険ですから」

納得した冒険者たちは、そんな声を発しながら急いで街に戻っていった。

30話　覚悟を決める

小さくなっていく冒険者たちの後ろ姿を見送る。

森から街まではそう遠くないが、ギルドに到着するまでにそれなりの時間がかかるだろう。

それまでに俺が少しでも魔物を足止めしないといけない。

「まったく、俺がこんなことをするとは」

俺はこの世界の生まれですらない異世界人だ。この世界に思い入れや、街に対する思い入れもあまりない。

しかし、そこに住んでいる知り合いは別だ。

この街にやってきてお世話になった人はたくさんいる。

ルイサは冒険者や依頼について丁寧に教えてくれ、ドランは俺が転職師であることを知ると、それぞれの固有職に合わせた装備をわざわざ見繕ってくれた。

リゼルは俺の事情を詮索せずにポーションを売りさばいてくれたし、ノーラは俺の癒しだ。

なんてことない会話で、この世界の常識や文化を教えてもらった。

グレン、スミス、ジレナは、初めてパーティーを組んでくれた仲間であり、固有職の知識や、冒険者としての経験なんかも伝授してくれた。

俺は今までビジネスの延長でしか人付き合いをしてこなかった。

相手がこちらを利用し、こちらも相手を利用する。互いにビジネス上で有益だからつるんでいるだけで、自分が上に行くためであれば平気で相手を蹴落とす。

そんなドライな人間関係ばかりだった。

だからこそ、損得抜きで接してくる、ここの人たちには戸惑いもした。

自分に得なんてないのに、そんなに優しさを振りまいて何を考えているのか。

そんな風に考えることも多かった。

しかし、ここで接してきた多くの者に、そんな損得の感情はなかった。

ビジネスチックな付き合いばかりだった俺には、そんな人たちの本心は完全に理解できなかったが、不思議と居心地は悪くなく、純粋な優しさが嬉しかった。

こうやって身体を張って、魔物を食い止めるくらいには報いたいと思う。

索敵を使用すると、前方から大量の魔物が押し寄せてくるのが見えた。

あまりにも膨大な数。パッと見ただけで三十は軽く超えている。

その奥からも続々とやってくるのだから数えるのがバカらしくなる。

コボルト、ゴブリン、ブラックウルフなどはお馴染みだが、その奥にはオークまで見えた。

オーク
LV 11
HP 138（＋20）
MP 33／53（＋20）
STR 93（＋20）
INT 38（＋20）
AGI 45（＋20）
DEF 65（＋20）

＊魔物暴走によりステータス上昇中。

鑑定してみると、レベルは森に出現する魔物よりもちょい高めというくらい。

だが、魔物暴走によって活性化しているせいかステータスが軒並み引き上げられている。

嘆きの平原に向かう際中にレベル十二のオークと遭遇したが、ステータスはそれ以上だ。

ゴブリンやコボルト、ブラックウルフにも鑑定をかけてみると、こちらも軒並みステータスが上昇している。

しかし、こちらはオークほどステータスが高くない。種族値やレベルの差だろう。

「なるほど、ギルドがかなり警戒するわけだ」

低レベルの魔物でさえ、これだけ強化されるのであれば、嘆きの平原レベルの魔物ならもっと強力になっていたことだろう。ギルドや冒険者が早急に動き出すわけだ。

これだけ強化された魔物が街に押し寄せたらひとたまりもない。

名前　アマシキ　ツカサ
LV23
種族　人族
性別　男
職業【魔法使い（転職師）】
ジョブLV16（転職師ジョブLV16）
HP　330

MP　1287／1367
STR　268
INT　340（＋40）
AGI　278
DEF　236（＋40）

現在の俺のレベルとステータスはこんな感じだ。

上位固有職である魔法剣士になるためには、魔法使いと剣士のジョブレベルを三十にまで引き上げる必要がある。

今までのようにチマチマと魔物を倒すのであればそれなりに時間はかかるが、相手の方から群れを成してくるのであれば、効率は非常に良いものになるだろう。

「レベルアップの糧にしてやる」

不敵な笑みを浮かべながら俺は、十個の火球を浮かべた。

こちらに向かって直進してくるゴブリンに火球をぶつけた。

爆発させることでより多くのゴブリンを四散させる。

範囲の外側にいたせいで仕留めきれなかったゴブリンもいたが、派手に転んだせいで後ろのブラックウルフの群れに踏まれてズタズタになった。

そんなゴブリンを哀れに思う間もなく、俺は火球を連射して爆破する。

膨大な数がいるだけあって、一つの魔法で面白いほどに魔物が死んでいく。

俺の脳内ではまたしてもレベルアップの音が響いていた。

レベルが下なので入ってくる経験値は低いと思っていたが、想像以上にレベルの上がりが早い。

ステータスが上がっているせいで普通よりも経験値が美味しいのだろうか。

魔物暴走によって魔物たちが活性化しているとのことなので十分にあり得る。

火球の爆発で足止めをすると、優先的に狙うのは飛び道具を持っている魔物だ。

ゴブリンの中に、スケルトンウォリアーのように弓矢を持っているものがいたので、そういった手合いに優先してぶつける。

そうやって厄介な魔物から潰していると、死体を踏み潰しながらオークがやってきた。

走る度にでっぷりとした脂肪が震える。柔らかそうな脂肪だが、その下にはみっしりと筋肉が詰まっていることを知っている。

見た目ほどオークの体は柔らかくない。

両手には何も武器を所持していないが、巨木のような腕を振るわれただけで、こちらはひとたまりもない。

「火炎槍《フレイムランス》」

俺は炎の槍を生成すると、こちらにやってくるオークに放つ。

火炎槍はオークの腹を貫いて丸い穴を開ける。

それでもオークは止まることなく、燃え広がった炎に体を焼かれながら走ってくる。

「まだ生きてるのか！」

思わずもう一発の火炎槍を生成すると、オークはバタリと倒れた。

腹に穴を開けられ、燃焼によるダメージは食らっては、タフなオークでも堪え切れなかったようだ。

たった数秒の停滞だが、その間にブラックウルフ、シルバーウルフをはじめとするＡＧＩの高い魔物が詰め寄ってきていた。

魔法で対処することが困難だと悟った俺はすぐさま、魔法使いから剣士へと転職。

瞬装を使い、瞬く間に剣士の装備を身に纏う。

跳びかかってくるブラックウルフとシルバーウルフを素早く斬り捨てる。

続いて火球を十個ほど生成すると、速やかにゴブリン十体にぶつける。

火球がなくなると、また即座に十個ほど浮かべて滞空させた。

近接距離の敵は剣で斬り捨て、遠距離の敵は魔法で倒す。

転職師だからこそできる遠近両用の戦い方だ。

剣士で魔法を使用するために魔力消費は激しいが、魔力が減れば回復すればいい。

シルバーウルフを斬り捨てながら、魔力回復ポーションを飲む。

これで魔力が百ほど回復した。

俺の魔力は千四百ほどあるので全回復には遠いが、魔法使いのパッシブスキルで魔力が微量ずつではあるが回復していく。

しかし、今のままでは回復よりも消費のペースが速いので、節約しながら戦う必要があるだろう。

俺は待機させる火球の数を五個に減らした。視界にはまだまだ数えきれない魔物がひしめいている。できるだけ魔力は温存しておいた方がいいだろう。

一か所に留まっていれば、魔物たちに囲まれるだけだ。

俺は走り出して、右側にいるブラックウルフに斬りかかる。

鋼の剣はブラックウルフの胴体を両断した。

魔物暴走で強化されているとはいえ、俺のＳＴＲは二百五十以上だ。

ブラックウルフ程度であれば、容易に真っ二つにできる。

続けて二頭のブラックウルフがこちらに跳びかかってきたが、俺は剣を薙ぎ払って二頭の首を刎ね飛ばした。

さらに足元に噛みつこうとした四頭目には、薙ぎ払った剣を素早く下ろして脳天を突き刺すことで対処。

後ろからゴブリンが迫ってきていたので、俺は体勢を整えるために火球を頭にぶつけた。

ゴブリンの頭が爆発し、ぐらりと身体が倒れる。

その間に俺は体勢を整えることができ、続いてやってくる二体目、三体目、四体目のゴブリンをすれ違い様に斬り裂いた。

脳内でレベルアップの音が鳴り響く。

先程から何度か鳴っているが、如何せん魔物が多いのでステータスを確認することもできない。

しかし、レベルが上がるごとに身体能力や魔力が上がっていくのが実感できるので、とてもありがたかった。

31話　ハイオーガ戦（上）

ゴブリンを剣で両断していると、不意に大きな影が落ちる。
直感に従ってその場を退くと、俺のいた場所を棍棒が強く叩いた。
体勢を整えて視線をやると、ハイゴブリンがいた。

ハイゴブリン
LV 13
HP 144（+20）
MP 45／45（+20）
STR 114（+20）
INT 47（+20）
AGI 87（+20）
DEF 99（+20）

鑑定してみると、もれなく魔物暴走のお陰でステータスが強化されている。

ゴブリンの巣穴で出会った個体よりも遥かに強力だ。

しかし、レベルの上がった俺には敵わない。

俺は一瞬だけ疾風を発動させると、ハイゴブリンの懐に潜り込んだ。

急激な加速にハイゴブリンは付いていけなかったようで、傍にやって来た俺を目視して驚愕していた。

「一閃《スラッシュ》」

魔力のこもった一撃をお見舞いすると、ハイゴブリンの胴体は切断され、地に沈んだ。

グレンの立ち回りを真似したスキル利用だ。

魔力消費の激しいスキルでも、一瞬だけならば大して消費しない。

そうやって剣、魔法、スキルを活動しながら立ち回っていると、魔物たちは俺を相手するのは割に合わないと感じ始めたのか、こちらを避けるような動きを見せた。

魔物暴走状態でそのような知性を保てるとは意外だ。

時間の経過具合からさっきの冒険者たちは、ようやくラッセルにたどり着いたくらいだろう。

まだロクに迎撃態勢の整っていない状態で街に押し寄せられるのは非常に困る。

俺は素早く剣士から戦士へと転職を果たし、瞬装でオックスシリーズの防具とアイアンアックスを手にした。

「戦士の叫び《ウォーリアークライ》！」

俺を中心に赤いオーラが放出。

俺から放たれる圧力に迂回しようとしていた魔物が一斉にこちらを向いた。

それだけじゃなく、周囲にいた魔物がより一層の敵意を向けてやってくる。

街に向かう魔物を食い止めることはできたが、その代わり俺への勢いが増したようだ。

「戦士の鼓舞《ウォーリアーハウル》！」

俺は弱気になる心を叱咤する意味も込めて、普段よりも大きな声を上げてスキルを発動した。

戦士のスキルによって俺のＳＴＲが二十％上昇。

アイアンアックスを握り締めると、跳躍して魔物の群れの真ん中へ。

そして、勢いよくアイアンアックスを叩きつける。

「戦士の重撃《ヘヴィーインパクト》！」

オークが棍棒を掲げて防御をしたが、アイアンアックスはあっさりと切断し、そのままオークの頭から股下までを両断した。

それと同時に衝撃波が発生し、何十体もの魔物が吹き飛ばされた。

「これだけ吹っ飛ばせると気持ちがいいな！」

脳内でおなじみのレベルアップの音が鳴り響く。

膨大な数を相手にするならば戦士の方が効率がいいのかもしれない。

叩きつけたアイアンアックスを持ち上げると、後ろからゴブリンが棍棒を叩きつけてくる。

しかし、その攻撃は防具に防がれてカンッという音を立てただけだった。

元々ＤＥＦが高い上に、オックスシリーズによって大幅に強化されている。

オークの一撃ならまだしも、ゴブリンやコボルト程度の攻撃ではビクともしないのだ。

持ち上げたアイアンアックスを薙ぎ払ってやると、五体のゴブリンの体が千切れた。

そのままアイアンアックスを手にして、俺はオークに跳びかかる。

振り下ろされる棍棒にアイアンアックスをぶつける。

当然ＳＴＲの高い俺の方が競り勝つ。棍棒を吹き飛ばされて驚愕しているオークに、アイアンアックスを振り下ろした。

剣や槍と違って、繊細な剣捌きは必要ない。

ＳＴＲの数値で叩き伏せるのみだ。非常に単純だ。

それだけでオークは切断され、次々と肉塊へと変わっていく。

戦士になることで比較的大きな個体は随分と楽に処理できた。

しかし、装備の重さと相まってか、ウルフなどの素早い魔物の処理効率が悪くなっている。

自慢の防具で攻撃は和らげられるものの、多少の衝撃は残る。被弾して少しずつ減っていくＨＰはストレスだ。

大型の魔物を減らした俺は、瞬装でグリーンシリーズを装備し、アイアンスピアを手に持った。

「転職《ジョブチェンジ》、【槍使い】」

槍使いに転職を果たした俺は、アイアンスピアを振るう。

接近してきたブラックウルフの脳天を突き刺し、反対側から飛びついてきた二頭目には反対側の柄で殴打。頭蓋のへし折れる音が響き渡る。

そのまま槍を回し、遠心力を乗せた一撃でコボルトの頭を斬り裂いた。

突いて良し、殴って良し、斬って良しの三拍子。

攻撃範囲が広く、取り回しのしやすい槍は、こういった多対一の状況で真価を発揮してくれる。

先程とは打って変わって、素早いウルフ系の魔物が殲滅されていく。

時折、オークやハイゴブリンといった巨体の魔物がやってくるが問題ない。

「連撃《ラッシュ》」

槍使いのスキルを発動すると、目にも止まらない速さで突きが繰り出される。

襲いかかってきたオークとハイゴブリンは穴だらけになって倒れた。

戦士に比べると一撃の重さは軽いが、その分の手数がある。

それに戦士の鼓舞によるＳＴＲの上昇は継続されている。槍使いの攻撃でも問題なかった。

そうやって転職を繰り返しながら戦うことしばらく。

「ゴアアアアアアアアアアッ‼」

突然、重厚な叫び声が上がった。

鼓膜と内臓を揺さぶるような大音量に思わず顔をしかめる。

声の方に視線をやると、群れの奥に鬼の魔物がいた。

錆色の肌に隆起した筋肉。手には石材を加工した大剣のようなものを手にしている。

オークよりも全体的に一回り小さいが、より洗練された力を感じ取った。

ハイオーガ
LV30
HP　420（+60）
MP　150／150（+60）
STR　320（+60）
INT　96（+60）
AGI　196（+60）
DEF　335（+60）

＊魔物暴走の根源体のためステータスが大幅に上昇中

鑑定した瞬間、脳内でレベルアップの音が響いた。

恐らく鑑定士のジョブレベルが上がったのだろうが、今は戦闘中なのでどうでもいいことだ。

「スケルトンメイジが可愛らしく思えるな……」

一つや二つのステータスが突出しているならまだしも、全体的に高いってどういうことだ。

スケルトンメイジとは明らかに基礎値が違う。

ギルドの定める討伐ランクは低くてC、下手をすればBに迫るランクかもしれない。

比較的低レベルの魔物ばかりのラッセルの近くにいていい魔物じゃないだろ。

数々の固有職のお陰でレベルの割に高いステータスをしている俺だが、数値が負けているかもしれない。あるいはレベルアップによる上昇でトントンといったところか。

自分よりもステータスが上かもしれない相手と戦うのは初めてだ。

他に気になるのは魔物暴走根源体と表示されていることか。

つまり、あのハイオーガが魔物暴走を引き起こした魔物という認識でいいのだろう。

だとすると、あいつを倒すことで状況を収束できることが予想できる。

「ここであのハイオーガを仕留める」

適当に切り上げて街で迎撃する案もあったが、低ランクばかりの冒険者で迎撃するよりも、俺一人で仕留めて、魔物暴走を収束させる方が被害も少ないだろう。

俺は槍使いから魔法使いに転職し、瞬装で装備を纏った。

素早く火球を二十個ほど生成すると、周囲にいるゴブリンやコボルトにぶつけて掃討した。

あいつを相手にするには周囲の雑魚が邪魔だった。

鳴り響くレベルアップの音を無視しながら、火球を十個ほど作り上げてハイオーガに飛ばす。

ハイオーガは肉体を黄色いオーラで包むと、そのまま突進してきた。

火球が着弾しているが、皮膚が少し焼けた程度でまったく堪えた様子はない。

「なっ！」

巨体に見合わぬ速度と魔法を体で受け止めるという相手の選択に思わず動揺する。

が、すぐに火炎槍を三つほど生成して射出。

こちらは肉体で受け止めることはなかったが一つは回避され、残りの二つは薙ぎ払った大剣により消失させられてしまった。

ハイオーガはそのままこちらへ距離を詰めて、振り上げた大剣を叩きつけてくる。

なんとか後方に回避するものの地面に叩きつけられた衝撃で足元が激しく振動した。

まともに食らえば、一発でアウトだろう。

「なんて脳筋プレイだ」

突出したDEFで攻撃を受け止め、突出したSTRでねじ伏せる。

戦士に転職して、オークやハイゴブリンを相手に俺がやっていたことだが、相手にされるとここまで厄介だとは思わなかった。

呆然としていたオークやハイゴブリンの気持ちが今になってわかる。

ショートワンドではなく、アークワンドならばINTがもっと上昇して魔法による有効打が与えられたかもしれないが、無いものを強請っても仕方があるまい。

受け身になって相手のペースに乗せられてはダメだ。

こっちの独壇場へと相手を引きずり込むんだ。

俺は転職師、多彩な固有職とスキルが持ち味。

だったら、こちらから仕掛けていくべきだ。

体勢を整え風刃を放ちながら、鋼の剣を引き抜いて駆け出す。

当然、風刃は大剣で弾かれるが、ただの牽制なので構わない。

接近してきた俺を迎撃するようにハイオーガは大剣を振り上げる。

そして、こちらに振り下ろそうとした瞬間に俺は一瞬だけ疾風を発動。

懐での急加速によって大剣は空を切って地面を叩いた。

股下に潜り込んだ俺は、ハイオーガの左足を斬りつける。

分厚いタイヤでも斬りつけたような感触。しっかりと剣が直撃したものの、肌を浅く斬りつけただけだ。有効打には程遠い。

「だったら手数を増やすまでだ」

俺は疾風を駆使し、剣撃を叩き込む。

スキルによる素早さの上昇と緩急に、ハイオーガは翻弄されて俺についてくることができない。

気が付けばハイオーガの体には無数の斬撃がついており、いたるところで出血が見えた。

イケる。このままいけばハイオーガを削り切ることができる。

そう確信していた矢先、ハイオーガの傷口が突如として修復され出した。

32話　ハイオーガ戦（下）

まるで時が巻き戻るかのようにハイオーガの傷口が塞がっていく。

「なっ！」

ハイオーガが回復魔法でも使えるというのだろうか？　ゴブリンシャーマンのような魔法を使えるタイプならともかく、コイツは明らかにＳＴＲとＤＥＦでぶん殴ってくるタイプだ。そのような器用なことができるとはとても思えない。

所持スキル　**【再生】【硬化】【統率】**

念のためにもう一度鑑定を発動すると、ステータス以外の見慣れない表記が見えた。

固有職がスキルを持つように、一部の魔物にも魔物特有のスキルを持つ個体がいると聞いたが、まさかコイツがそうだとは。

しかし、急にそのようなスキルが見られるようになったのは何故だろう？

最初にハイオーガを鑑定した時は表記されなかったが……あ、もしかしてハイオーガを鑑定した時に鑑定士のジョブレベルが十になったのだろうか？

急いでステータスプレートを確認していると、予想通りジョブレベルが十になっていた。

それにより『スキル鑑定』というスキルが解放されたようだ。

これを事前に知っておけば、傷を再生させることはわかっていたし、それを込みで攻撃を仕掛けることができた。

戦闘中だからどうでもいいとか思ってごめんよ。めちゃくちゃ重要だったわ。
大慌てでハイオーガのスキルの詳細を確認。

【再生】
魔力を消費して、傷を修復する。
魔力の消費は傷の度合いによって変動する。

【硬化】
一秒間に魔力を5消費して、ＤＥＦを20％上昇させる。

【統率】
自らの率いる魔物のステータスを僅かに上昇。

なるほど。やたらと防御力が高かったのは硬化のお陰でもあったのか。
気になる再生についても、硬化と同じように魔力を消費する模様。
ハイオーガを鑑定するとＭＰが八十五にまで減っている。
つまり、さっきまでの攻撃は決して無駄ではなかったわけか。
だとしたら構わない。相手は無限に再生できるわけではないんだ。

このまま攻撃を入れ続けて相手の魔力を消費させればいい。そうすれば、いずれ魔力は枯渇してスキルは使えなくなるだろうからな。

そう思って再び接近戦を挑む。疾風を駆使しながらハイオーガの体を斬りつける。

決して無理はせず、一撃離脱を繰り返す。

ハイオーガの一撃は強力だが、当たらなければどうということはない。

ハイオーガを削り、再生を使用させてを繰り返させる。

そんな風に戦っていると、ハイオーガが一際大きな咆哮を上げた。

ちょこまかと動き回る俺に苛立っただけかと思ったが、次の瞬間に魔物たちが押し寄せてきた。

一人で相手をするのは面倒だと思ったのか、周囲にいる魔物を焚きつけてくる。

こういう展開が一番嫌だった。

「ちっ」

思わず舌打ちをしながら火炎槍、岩槍を生成して、襲いかかってくるゴブリンやレッドボアを処理。魔法で処理しきれなくなると、剣士に転職し、剣で斬り捨てる。

レベルアップの音がやけに鳴り響いているが、どれだけレベルが上がったか確認する暇もない。

「ゴアアアアアアアアアアッ！」

そうやって雪崩れ込んでくる魔物を必死に処理していると、ハイオーガが突進してきた。

こちらに焚きつけた魔物を踏み潰し、蹴飛ばしながらの接近。

他の魔物の処理に集中していた俺は、ハイオーガへの反応が遅れた。

ブラックウルフやゴブリンを粉砕しながら大剣が迫りくる。

避けることは不可能。

俺は魔法使いから戦士へと即座に転職。

瞬装を使ってＤＥＦ補正の高い防具を纏った瞬間に、大剣が俺の身体を直撃した。

「がはっ……！」

途轍《とてつ》もない衝撃と共に身体が大きく吹き飛ばされた。

受け身を取ることすらできない。

何度も地面を跳ねた末に、ようやく俺の身体は止まった。

ＨＰが１２０／３８０と表示されている。

たった一撃で半分以上が削られた。

「痛ってぇ…っ！」

戦士のステータス補正とパッシブスキルであるダメージカットなどがなければ、間違いなく今の一撃で瀕死、あるいは死亡していただろう。

何本かの骨が折れているのだろう。全身があちこち傷むが、なんとかそれを堪えて僧侶へと転職。

「治癒《ヒール》！」

僧侶の使える回復魔法を使用して、身体の傷を回復させる。

すると、痛みが和らいだ。

しかし、ジョブレベルが低いせいか、治癒一回ではＨＰが三十程度しか回復しないので続けて、二回、三回と治癒を重ねがけする。

「……こんなことなら僧侶のジョブレベルも上げとけば良かった」

身体を動かせるぐらいに回復した俺は、さらにHPを回復させるために治癒ポーションを手に取る。

俺が回復して体勢を整えようとしているとわかったのだろう。

ハイオーガがさらなる追撃のために迫ってくる。

戦士の防具と武器は先程の攻撃で壊れてしまっている。戦士のまま戦うのは得策ではない。

俺は剣士に転職を果たすと、疾風を使用しながらハイオーガの攻撃を回避。

「くっ、邪魔だ！」

横からコボルトが邪魔をしてきたので、即座に斬り捨てる。

すると、レベルアップの音が鳴り響く。

当然、戦闘中なので無視しようとしたが、今のレベルアップはこれまでのレベルアップとは何かが違った。

単純なステータスアップとは根本的に違う、大きな恩恵のようなものを感じた。

痛む身体で疾風を使用して、大きく距離を取る。

旋風刃を放ってハイオーガの足止めをすると、すかさずステータスプレートを確認。

名前　アマシキ　ツカサ
ＬＶ28

種族　人族
性別　男
職業【剣士（転職師）】
ジョブLV30（転職師ジョブLV19）
HP　210／450
MP　320／1630
STR　368（＋30）
INT　426（＋40）
AGI　358
DEF　326（＋40）

『【魔法使い】と【剣士】のジョブレベルが三十に到達しました。

上位固有職【魔法剣士】への転職が可能となりました』

なんだかレベルやステータスが大幅に上昇しているが、注目すべきは後半の記述だ。

どうやら数えきれない魔物を討伐したことによって莫大な経験値を得ていたようだ。魔法使いと剣士のジョブレベルが三十に到達したらしい。

「キャリアアップだ！」

戦闘に夢中でまったく気付かなかったが、さっきのコボルトを討伐したことで上位固有職への転職条件を満たしたようだ。

ジョブホッパーとして自らの積み上げたキャリアが形になるのは感激だった。

「転職《ジョブチェンジ》、【魔法剣士】」

剣士から魔法剣士へと転職を果たす。

魔法使い、剣士、槍使い……これまで様々な固有職を使ってきたが、魔法剣士はそれらとは一線を画す固有職だというのはすぐに理解した。

「治癒《ヒール》」

まずは自らに回復魔法をかける。

僧侶の時とは違い、HPが大幅に回復した。

一度で完全回復とはいかないが身体を苛んでいた違和感や痛みは完全に取ることができた。

これで支障なく戦闘を開始することができる。

「『自己強化《ブースト》』」

次に魔法剣士になることで使用できる、自己強化の魔法を発動。

HP、MPを除くすべてのステータスを三十%上昇させることができる、非常に使い勝手のいい強化魔法だ。

魔力を消費したので魔力回復ポーションを飲んでいると、三体のオークがこちらに駆け寄ってくる。

急いでポーションを飲み干すと、鋼の剣に魔法を付与。

「火属性付与」

炎を纏った剣を振るうと、三体のオークは一気に両断された。

ステータスが上がっているだけでなく、火魔法が付与されることで大幅に威力が上がっているのだろう。

魔法剣士とは、各属性の魔法を扱うことは勿論、自己強化、回復魔法なんかも使用できる。

多彩な魔法で相手の弱点を突くことができ、場合によっては戦士などのＳＴＲに特化した固有職以上の突破力を見せることもできる。

魔法職でありながら接近戦もこなせる。その万能性はまさに上位固有職と定義されるに相応しいだろう。

俺は火魔法を宿した剣で一気に周囲を薙ぎ払う。

すると、剣から放たれた火魔法が周囲にいた魔物たちを一気に焼き払った。

付与した魔法を解放するだけで、こちらに押し寄せてきた魔物が殲滅された。

魔法使いの時に扱う、火魔法とは威力も範囲も段違いだ。

脳内でレベルアップの音が響き渡る。

魔法剣士に転職を果たしたことで、俺が今までとは違うことを察したのだろう。

ハイオーガがどこか警戒した様子を見せる。

「ゴオオオオオオオッ！」

しかし、それでも撤退するという選択肢はなかったのだろう。

ハイオーガは一際大きな咆哮を上げると、大剣を引っ提げながらこちらに直進してきた。

俺は付与の失われた剣に、再び付与をかけ直して走り出す。

「雷属性付与」

バチバチと帯電する音を耳にしながら剣を振り上げた。

ハイオーガの大剣と属性付与のされた剣がぶつかり合う。

これまでであれば考えられない選択であるが、レベルアップと魔法剣士による自己強化のお陰で既に俺のＳＴＲはハイオーガを上回っている。

さらに剣には魔法が付与されている。

一瞬の交錯の末に退いたのはハイオーガだ。

「ゴアアアアアッ⁉」

俺の剣に付与されている雷魔法が、大剣を伝ってハイオーガの体を苛んだ。

ハイオーガは握っていた大剣を落とし、苦悶の声を上げながらのけ反る。

その隙を逃さずに俺はさらに踏み込んで剣を振り払うと、ハイオーガの胸を深く斬り裂いた。

これまで中々有効打を与えることができなかった故に、たった一撃でこれだけの痛手を与えることができたことに自分でも驚く。

ハイオーガはなんとか体勢を整えて再生を行おうとするが、雷魔法で体が麻痺しているのだろう。上手く体を動かせていない。

そんな絶好の好機を俺は見逃さない。

剣士スキルの疾風を発動し、猛スピードでハイオーガに接近。さらに戦士スキルの剛力を重ねがけして跳躍した。

「これで終わりだ！」

突き出された俺の刃は、ハイオーガの頭に深く吸い込まれた。

それと同時に雷魔法が解放され、ハイオーガの脳内を激しく焼き焦がす。

急所への攻撃に、さすがのハイオーガも堪えることができず、断末魔を上げながらゆっくりと崩れ落ちた。

それと同時に脳内にレベルアップの音が鳴り響いた。

33話　魔物暴走の終息

名前　アマシキ　ツカサ
ＬＶ31
種族　人族
性別　男
職業【魔法剣士（転職師）】
ジョブＬＶ５（転職師ジョブＬＶ19）

HP　455／480
MP　220／1670
STR　395（+30）
INT　458（+40）
AGI　382
DEF　342（+40）

ステータスを確認すると、レベルやジョブレベルが上がっていた。

魔物暴走を率いていたハイオーガはレベルが高いこともあり、俺のステータスにかなり貢献してくれたみたいだ。

「まさか半日もしない内に魔法剣士になれるとはな……」

一歩間違えれば、死すらあり得たが、そのリスクを許容しただけあって大きなリターンを得ることができたな。

一息ついて剣を収納しようとすると、握っていた剣がガシャンッと音を立てて崩れた。

「え？」

自壊した剣を見ると、見事なまでに粉々になっていた。

破片を見ると、刀身が酷く焼き焦げている。

「……もしかして、魔法の付与に刀身が耐え切れなかったのか？」

ドランが作ってくれたとはいえ、鋼の剣は低級の武器だ。

特殊な魔法素材を使っているわけでもないので、魔法の付与をすれば壊れるのも当然か。

戦闘を振り返ってみると、自分でも無理な使い方をしていた自覚はあるし仕方がない。

むしろ、最後までよく持ってくれたと言えるだろう。

「ツカサ！　無事か！」

残った柄をアイテムボックスに放り込んでいると、後方から俺の名を呼ぶ声がした。

思わず振り返ると、そこにはグレン、スミス、ジレナがやってきていた。

昨日、嘆きの平原に一緒に行っていたグレンたちは、今日は街で休暇を取っていた。

しかし、冒険者による魔物暴走の情報を聞き、ラッセルからすっ飛んできたのだろう。

「グレンさん、お疲れ様です」

「魔物はどこだ⁉」

グレンがどこか血走った目をしながら尋ねてくる。

決死の覚悟でやってきたところ非常に申し訳ないが、この辺りに魔物はもういない。

「えーっと、魔物なら大体倒しちゃいました」

「はっ？　倒した……？」

俺の報告にグレンがキョトンとした顔になる。

「うわっ、えげつねえ数の死体が転がってるぜ」

「この世の終わりみたいな光景だわ」

一足先に状況を呑み込んだスミスとジレナが、呆然としながらコメントを漏らす。

数えきれない数の魔物の死体が積み重なって、森は大変なことになっていた。

木々は魔物によって粉砕され、俺の魔法によって地面は激しくえぐれている。

ここだけ平原なんじゃないかと思うくらいに、ぽっかりと草木がなくなっていた。

「グレンさん、街の方は大丈夫でしたか？」

「ああ、街に駆け込んできた冒険者たちの情報で、残っている冒険者総動員で警戒していたんだが、いつまで経っても魔物がこなくてな。聞けば、ツカサが食い止めてるって聞いて、居ても立っても居られずにやってきた次第なんだが……」

たった一度、臨時でしか組んだことのない俺のために駆け付けてくれるとは、なんていい人なのだろうか。

「うわっ、これハイオーガじゃねえか⁉」

「ハイオーガって、討伐ランクBの魔物じゃない！　魔物暴走によって強化されているならAランクにも匹敵するわよ⁉　これをツカサ一人で倒したっていうの……？」

グレンの優しさに感激していると、スミスとジレナがハイオーガの死体を見て戦慄していた。

Aランクに匹敵するだって？　道理で数々のジョブレベルの恩恵を受けている俺よりもステータスが高いわけだ。出現する魔物のレベルが低いラッセル付近にいていい魔物じゃないだろう。

「ええ、統率個体だったので倒しておきました。お陰ですっかり魔物はいなくなりましたので、魔物暴走は収まったんじゃないでしょうか？」

ハイオーガを倒してから、僅かに残っていた魔物は退散してしまった。

統率していた主を倒した上に、これだけ魔物を間引いたのだ。

魔物たちが大移動をする理由はないだろう。

「ああ、今のところラッセルに魔物はほとんど来ていない。残っている冒険者だけで十分に討伐できたくらいだ」

僅かに街に行ってしまったようだが、被害は無いようで良かった。

必死に身体を張った甲斐があるものだ。

「ってことは、ツカサ一人で魔物暴走を止めちゃったってわけ？」

「そうなんですかね？」

「すげえな、ツカサ！」

「まったく大した奴だよ、お前は」

スミス、グレンに肩を回され、ジレナにもバンと背中を叩かれた。

とりあえず、俺の行動が快挙なことは間違いないだろう。

「ツカサが無事で魔物暴走も収まったことだし、とりあえず街に戻るか」

「そうですね。あっ、討伐証明部位の回収はどうしましょうか？」

目ぼしい魔物の死体だけアイテムボックスに収納する手段があるが、これだけ派手にやらかすと多くのギルド職員や冒険者が確認にくるだろう。

グレンたちならともかく、大多数の知らない者にアイテムボックスを知られるのは避けたかった。

「……とりあえず、ハイオーガの魔石だけ回収して、後は他の冒険者に任せればいいだろう」

「そうですね」

グレンのアドバイスに従い、ハイオーガの魔石だけ回収すると、ひとまずラッセルに帰還することにした。

●

ラッセルに帰還すると、入場門で待ち構えていたルイサに掴まった。

そして、魔物暴走収束に関することを軽く説明すると、そのまま冒険者ギルドにある支部長室へと連行された。

綺麗な応接室には、頬に傷のある白髪の男性が待ち構えていた。

初老に差し掛かる年齢だが、服の上からでも隆起した筋肉が見えており、ただ者ではないことは一目でわかった。

「ラッセル冒険者支部、ギルドマスターのバルムンクだ」

「冒険者のツカサです」

「急な呼び出しに応じてくれて感謝する。改めてギルドマスターとして礼を言いたかったのだ。たった一人で魔物暴走を止めてくれたとルイサから聞いた。本当に感謝する」

深く頭を下げてくるバルムンク。

会社ではプロジェクトによってリーダーが入れ替わることが多かったので、年上の人に指示をすることはなれているが、ここまで歳の離れた人に頭を下げられるのは初めてだ。非常に落ち着かない。

というか、俺が無理しなくてもこの人が戦えば、なんとかなるような気がする。

「いえいえ、勝算があると踏んで戦っただけですから。お陰でかなり経験値も得られましたし、ランクアップのための実績にもなるでしょうから」

適当な社交辞令を述べようとしたが、どうも胡散臭く感じたので思うままに答えた。

「フハハハ！　そうか！　話には聞いていたが面白い新人だ！」

そんな俺の返答にバルムンクは目を丸くし、豪快に笑った。

食い止めて時間を稼ぐぐらいの気持ちはあったが、ダメそうならすぐにでも逃げるつもりだった。

ギルドに登録しているだけの自由な冒険者が街のために戦いましたなどと臭い台詞を述べるより、よっぽどわかりやすいだろう。

「報酬に関しては状況を精査して決めたいと思う。少なくとも活躍に見合う報酬は出すつもりだ。期待しておいてほしい」

「わかりました」

どうやら倒した魔物については、ギルド職員や冒険者が解体、回収などをやってくれるようだ。

あれだけの数の魔物から素材を回収するのは、かなり手間だと思っていたので非常に助かる。

「さて、さっきの言葉を聞く限り、ランクアップを望んでいるようだな。魔物暴走を一人で食い止め、ハイオーガを討伐した実績から明らかにEランク以上の実力なのは明白だ。というか、なんでまだEランクなんだ？　ランク詐欺だろ」

パラリと俺に関する報告書らしきものに目を通しながら尋ねてくるバルムンク。

そんなことを俺に言われてもしょうがない。

「すぐにDランクに上げてやりたいところだが、Dランクに上がるには護衛依頼をこなすのがギルドのルールでな。申し訳ないが、それをこなしてくれないだろうか？」

ランクが上がるにつれて、冒険者には様々な種類の依頼が増えてくる。

ギルドとしては冒険者に、しっかりとキャリアを積んでほしいのだろう。

今回の実績を盾にすれば免除くらいできるのかもしれないが、学ぶべきことを後回しにしても意味がないし、ギルドに迷惑をかけてもメリットはない。

ここは素直に引き受けておくのがいいだろう。

「承知しました」

「すまないな。護衛依頼を達成でき次第、すぐにランクアップできるように計らっておく」

魔物暴走の報酬とランクアップに関する話が済むと、俺は支部長室を出た。

34話　次の目的地

ラッセルで魔物暴走が起こった翌日。

嘆きの平原に出ていた高位冒険者たちが戻ってきたらしく街は賑やかになっていた。

嘆きの平原で魔物暴走の兆候を見つけ、急いで魔物を間引いてきたのに、街の傍で魔物暴走が起こったとは思っていなかったらしく、一時は混乱したようだが街に被害がないとわかると自然と騒ぎは沈静化していた。

そんないつもの街の光景を眺めながら、俺はドランの工房に向かう。

魔物暴走のせいで受け取り損ねたアークワンドの受け取りと、ハイオーガとの戦いで破損してしまった装備を見てもらうためである。

「おお、来やがったな！　ラッセルの英雄！」

扉を開けて中に入ると、ドランがニヤリとした笑みを浮かべながら言ってくる。

「やめてくださいよ、ドランさんまでそんな言い方は……」

魔物暴走が終わってから、冒険者ギルドや宿でもそんな風に言われ続けていた。

確かな功績を挙げたとはいえ、面と向かって英雄と呼ばれるのはかなり恥ずかしい。

「魔物暴走を一人で収束させるとは大したもんだぜ。規格外な奴だと思っていたが、ここまでとはな。街を救ってくれたことに感謝するぜ」

バシバシと背中を叩きながら上機嫌に笑うドラン。

からかう気持ちもあるが純粋に感謝もしてくれているみたいなので邪見にすることもできないな。

気恥ずかしさを誤魔化すために俺は話題を転換させる。

「装備の修理をお願いしてもいいですか？」

「おお、任せろ」

テーブルの傍に移動すると、俺はアイテムボックスから装備を取り出す。

「おー、こいつは随分派手にやったな……」

オックス防具を手に取ったドランが呟いた。

「ハイオーガの一撃をもろに受けてしまったので」

「それで良く生きていたな？」

「攻撃を受ける際に、戦士に転職できたのとドランさんの装備のお陰ですよ」

「そうか。俺の防具が英雄の命を救ったって言うんなら鼻が高いな」

「直せそうですか？」

「ああ、少し費用はかかるが何とかなる」

「そうでしたか」

オックス防具はとても頼りになる。

レベルが上がったので、いずれ新しいものを作るだろうが、それまでの繋ぎとして持っておきたい。

ハイオーガとの戦いのように咄嗟の防御としても使えるからな。

「だが、こっちは無理だな」

柄しかない剣を持ったドランがハッキリと告げる。

「そもそもなんで柄しかないんだ？　刀身はどこにいった？」

「えっと、粉々に砕けました」

「砕けただぁ？　一体どんな使い方をしたんだ？」

怪訝な顔をするドランに、俺は剣が壊れてしまった時のことを話す。

「魔法を剣に付与して魔物をぶった斬っただと⁉　そんな使い方したら壊れるのは当然だ！　こいつは鋼を使っただけの剣なんだぞ！」

「ですよね」

やはり、剣に魔法を付与して戦ったのが原因のようだ。

魔力抵抗や魔力伝導率の低い武器に、そういった付与をすると武器に多大な負荷がかかってしまうようだ。

ちょうどレベルも上がったことだし剣については問題ない。

常用しやすい普通の剣と、魔法鉱石で加工されている剣を購入することにした。

その他の武器や防具は十分にメンテナンスできるようなので纏めてドランにお願いする。

「アークワンドの方はできていますか？」

「ああ、できてる」

ドランは頷くと、奥からアークワンドを持ってきてくれた。

以前、ぽっかりと空いていた杖の先端には、スケルトンメイジの魔石がはめ込まれている。

アークワンドを受け取り、鑑定してみる。

アークワンド
魔力の通しやすいマナタイトを使用しており、魔力伝導率が高い。

適性レベルは20。装備することによってINTが+80。さらに消費MPを1%減。

スケルトンメイジの魔石によりINT+50。闇属性の消費MPが5%減。

「おお！　かなり杖の性能が上がってますね！」

INTが上昇することはわかっていたが、スケルトンメイジの魔石の影響で闇属性の消費魔力が下がるというのが面白い。

他の属性に特化した魔物の魔石を使えば、その属性に合った属性魔法の消費が下がるのだろうな。

「だろう？　魔石が良質だったからな。装備適性は二十だが、三十にも引けを取らない性能になっているはずだ」

腕を組んで胸を張るドラン。

装備適性が二十レベルのものにしては破格だと思うのだが、昨日の戦いのせいで俺のレベルは三十を超えてしまった。

「ううん？　なんだその顔は……？　もしかして、お前さんレベル三十を超えたのか？」

俺の曖昧な顔を見て、ドランが察してしまったようだ。

「あっ、はい。昨日の戦闘で三十一になりました」

「おいおい、たった一日でそこまでレベルが上がるものかよ。いや、魔物暴走を一人で鎮めたんだ。急激にレベルアップするのも当然か」

装備適性二十の中で破格の性能を誇るアークワンドであるが、装備者がレベル三十になってしまっては、破格とは言えないのだろう。

出来栄えに満足していたドランが、頭を抱えてぐったりした。

やがて立ち直ったドランが真剣な顔になって口を開く。

「……お前さん、そろそろ拠点を変えた方がいい頃合いだな。ちゃんと【鍛冶師】の固有職を持っている職人にオーダーメイドした方がいい。あるいは自分で作るかだが……」

「鍛冶師に作ってもらうというのは、それだけ違うものなのですか？」

転職師の能力で鍛冶師になることもできるが、今のところ自分で作るよりも他人に作ってもらった方が早く、確実なので実際に使ったこともないし、あまり調べていない。

鍛冶師の固有職を持っている職人と、持っていない職人の装備にどんな違いがあるのだろう。

「鍛冶師の固有職を持っている奴は、固有職に合わせた特別な装備が作れる。俺のような一般人が作った装備とは恩恵が段違いだ」

「なるほど。確かに俺の特性を考えると、将来は固有職に合わせた装備で固めるのがベストですね。ちなみに【鍛冶師】の固有職を持っている職人はどちらにいるんです？」

「この街には一人もいねえな」

だよな。そんな固有職持ちがいれば、自然と噂が入ってくるものだ。

「……では、どこに行けば？」

「迷宮都市だ」

迷宮。階層構造になっている天然の地下空間。

濃厚な魔力が漂い、数多くの魔物が生まれ棲息している魔窟。

定期的に出現してくる魔物が地上に進出するのを防ぐため、あるいは魔物の素材、魔石で収入を得るべく冒険者たちが潜る場所である。

その冒険者が持ち帰る素材や魔石を目当てにたくさんの人々が集い、出来上がった街が迷宮都市と呼ばれる。

「そこに行けば【鍛冶師】の固有職を持っている人物に会えるんですか？」

「あそこは世界中の固有職持ちが集まる場所だ。当然、固有職持ちの装備を作るために、多くの【鍛冶師】も集まる」

ちなみにラッセルの近くには一つも迷宮が存在しない。

この街で固有職持ちが少ないのは、そういった美味しい狩場が少ないといった事情もあるようだ。

それだけ固有職持ちが集まるということは、それだけ迷宮が稼げる場所なのだろう。

勿論、危険も大きいとは思うが、それを加味しても向かうべき価値がある場所だと思えた。

「お前は面白い奴で仕事のやりがいがあるが、俺の手じゃ余るみたいだ。新しい装備は鍛冶師に作ってもらうか、自分で転職して作ってみるんだな」

「そうしようと思います」

「とりあえず装備の修復とメンテナンスはきっちりと仕上げてやる。三日後にまた来い」

「ありがとうございます。よろしくお願いします」

ドランは鍛冶師の固有職を持っていない。とはいえ、大変お世話になったことは確かだ。

俺は深く頭を下げて、ドランの工房を後にした。

35話　ジョブホッパーは迷宮都市に向かう

迷宮都市に向かうことにした俺は、ドランが装備の修繕とメンテナンスを行ってくれる間にラッセルでお世話になった人の挨拶周りをすることにした。

ギルド職員のルイサ、冒険者のグレン、スミス、ジレナ、虎猫亭で顔見知りになった宿泊客、看板娘のノーラや、そのご両親、市場での行きつけの店主など。

冒険者という職業もあってか、いずれは旅立つことを予想していたのだろう。

残念に思われることもあっても悲しまれることはなかった。

そんな中、一番に悲しみを露わにしたのは雑貨屋のリゼルだった。

旅立つことを告げると、リゼルが悲しそうな顔を浮かべる。

リゼルとはポーションの取引きをするだけだったが、まさかここまで悲しまれるとは……。

「そんな……ツカサがいなくなったら、私がポーションで儲けられないじゃない！」

「旅立つ相手に言う台詞がそれか」

気持ちはわからなくもないが、もうちょっと気遣った言葉くらい言えないものか。

ちょっと感動した俺の気持ちを返してほしい。

「えー、だってこんなに楽に儲けさせてもらったんだもの。もう真っ当に労働する生活になんて戻れないわよ。ツカサ、責任取って」

女の子に責任を取ってと言われたのに、ここまでドキッとしないとはな。

愛のない言葉というのは、ここまで空虚なものなのか。

「ここまで随分と稼いだだろう。あとは自分で頑張れ」

「酷い！　私とは遊びだったのね⁉」

「遊びじゃない。ビジネスだ」

リゼルとはプライベートの関係は一切ないビジネスチックなものだ。

そんな爛れた関係とは程遠い。

「……はぁ、ポーションで楽に儲けられないのは本当に残念だけど、迷宮都市でのツカサの活躍を祈るわ」

じゃれ合いが終わると、非常に残念そうにしながらリゼルが言う。

ここにきてようやくまともな言葉が出てきたな。

「世話になったな。最後に治癒ポーションと魔力回復ポーションを買い取ってもらえるか？」

「買う！　お金を用意するから待ってて！」

最後の取引きの品であるポーションを取り出すと、ぐったりとしていたリゼルは実に活き活きとした様子になった。あまりの変わりように思わず笑ってしまう。

いつもと同じようにポーションを売り払うと、リゼルがほくほくとした顔でポーションを抱きしめた。このままポーションとでも結婚するんじゃないだろうか。

「ねえ、最後だから聞きたいんだけど、今までどうやってポーションを手に入れていたか聞いてもいい？」

なんて思いながら店を出ようとすると、リゼルが問いかけてきた。

その問いにどう答えるか迷った俺は、素直に言うことにした。

「自分で作ったんだ」

「え？　自分で作ったって、あなた【魔法使い】でしょ？　錬金術士じゃないとポーションなんて作れないわよ？」

「魔法使いだけど、実は錬金術師でもあるんだ。鑑定してみるといいよ」

そう言ってリゼルの鑑定を受け入れる。

今朝、ポーションを作ってから固有職はそのままだ。

彼女が鑑定をすれば、固有職の欄が見えるだろう。

「はっ⁉　錬金術師⁉　なんで⁉　この前まで魔法使いだったのに……ッ！」

面白いくらいに間抜けな表情を浮かべながら叫ぶリゼル。

俺はその言葉に答えず、笑いながら店を出てやった。

●

三日後。ドランに修繕してもらった装備を受け取った俺は、迷宮都市に出立することにした。

しかし、そのまま普通に移動してしまっては勿体ない。

ランクアップのため、移動のついでに護衛依頼を引き受けることにした。

この日に迷宮都市行きの護衛依頼があるのは確認済みで、既に受注の手配を済ませてある。

待ち合わせである北門前広場にやってくると、既に依頼人はいた。

今回の護衛は、複数の商人が固まって移動する商隊の護衛となっており、いくつもの馬車が並んでいた。俺以外にも護衛がいるらしく冒険者の姿もチラホラと見えていた。

しかし、ラッセルのギルドでは見たことのない顔ぶれだ。護衛を主にやっている冒険者なのだろうか。

気になりつつも今回の依頼主であるオトマール商会の商人を探す。

歩き回っていると馬車にオトマール商会と書かれたシンボルが見えたので、近づいてみるとぽっちゃりとした男性が荷物を運んでいた。

「すみません、オトマールさんでしょうか?」

「ああ、そうだよ。もしかして、護衛の冒険者かい?」

「はい！　護衛依頼を受けることになりましたツカサです。よろしくお願いします」

「おお、ラッセルの英雄に護衛してもらえるとなんて感激だよ！　迷宮都市までよろしく頼むよ！」

オトマールは荷物を置くと手を差し出してきたので握手に応じる。

俺よりも遥かに年上だけど、そういった年齢差を感じさせない愛嬌があるな。

人当たりがとても良く商人をしているのも納得だ。

オトマール以外の従業員に軽く挨拶をし、運び入れの邪魔をしないようにする。

他の商人や冒険者にも軽く挨拶をしようかなと思ったが、そっちはそっちで忙しく話し合っている様子だ。

軽く鑑定してみたところ固有職持ちがいたので話してみたかったが、忙しくしてるところに声をかけるわけにはいかない。また時間がある時でいいだろう。

ちなみにオトマール商会の護衛は俺一人だけだ。

誰とも交流ができない寂しさを感じたと同時に、長い旅で余計な交流をしなくてもいいと安堵する気持ちもあった。

まあ、移動していればイヤでも他の冒険者と交流するだろうし問題ないな。

ラッセルから迷宮都市は馬車で二週間ほど。

そう聞くと長旅のように思えるが、俺は荷物をアイテムボックスに収納しているので大して不便もしないだろう。大袈裟な荷物を用意する必要もないし、完全に旅行気分だった。

「ツカサ君、準備は問題ないかい？」

「いつでもいけます」

馬車に乗り込んで待機していると、オトマールが声をかけてきたので頷く。

どうやらうちの馬車の準備はすっかり整ったようだ。

オトマールが外に駆け出すと、程なくして戻ってきた。

「それじゃあ、出発するよ！」

どうやら他の商人たちも出発の準備ができたらしい。

冒険者や商人がそれぞれの馬車に乗り込むと、すぐに馬車が動き出した。

事前に門番による確認は済ませていたのだろう。商隊は止められることなくスルスルと門をくぐっていく。

北上するにつれてラッセルの街並みが遠くなっていく。

一か月も滞在しなかった街ではあるが、多くの人にお世話になった場所であり、初めての活動拠点だ。そこから旅立つというのは少し寂しく感じてしまう。

しかし、俺はジョブホッパーだ。この世界で数多の固有職を極め、よりよい生活を送ると決めているので立ち止まることはできない。

より良い固有職を獲得できる場所、効率良くレベリングできる場所があれば、どこであろうと行くだろう。

停滞し、一か所に留まることは俺自身が我慢できない。

ジョブホッパーとはそういう生き物だ。

「……次は迷宮都市でキャリアアップだ」

俺はまだ見ぬ迷宮都市の方角を見据えながら呟いた。

世界中の固有職持ちが集まる都市。どんなところか楽しみだ。

転職師は食材調達を頼まれる

書き下ろし番外編

THE WORLD'S ONLY JOB HOPPER

「ちょっといいか？」

虎猫亭の食堂にて朝食を食べ終わると、ノーラの父が声をかけてきた。

母の方と違ってずっと厨房にこもっている彼が出てくるなんて珍しい。

「ツカサに個人的な依頼をしたい」

「どんな依頼でしょう？」

冒険者はギルドを通さなくても依頼を受けることができる。

ギルドに仲介手数料を取られることもなく、依頼料なども交渉によって上げることが可能などのメリットはある。しかし、依頼人とトラブルになった時にギルドは一切関知しないし、依頼を達成したからといってギルドに評価されるわけでもない。

そういったデメリットを内包しているのでジョブレベルやランクを上げたい俺には受けるメリットなど皆無なのだが、この宿にはお世話になっているからな。

よほどの無茶でない限りは受けるつもりだ。

「サーディンを釣ってきてほしい」

「……サーディンですか？」

「ラッセルから西にある湖に棲息《せいそく》している魚だ」

聞いたことのない魚だと思ったが、どうやら湖に棲息している魚らしい。

「サーディンは危険のない普通の魚なんだが、他に棲息している魔魚は危険な奴が多くてな。冒険者であるツカサに頼みたい」

どうしてわざわざ俺にと思ったが、その理由をノーラの父が説明してくれた。

「なるほど。そういうことでしたら任せてください」

「サーディンを釣るための釣り竿と餌だ。他にも食べられる魚を釣り上げてくれれば買い取る」

「ありがとうございます」

ノーラの父から手渡された釣り竿を受け取る。

そういった道具の類は持っていなかったので支給してくれるのは有難い。

市場で買い物をする手間が省けた。

「出発する前に一つだけ質問していいですか？」

「……なんだ？」

「どうして急にサーディンを仕入れようと思ったんです？」

ノーラの父は肉料理が得意だけあって、普段から出てくる料理にはあらゆる肉が使われている。

俺が宿泊している限りでは魚料理を提供しているところを見たことがなかった。

「……常連の奴らにたまには魚が食べたいと言われてな」

「あと、お母さんに食べたいって言われたんだよねー」

食器を片付けながら俺たちの会話を聞いていたのか、ノーラがすれ違い様ににっこりと笑いながら言った。

「…………まあ、そういうわけだ」

ノーラの父は愛妻家らしい。

たまにはこんな依頼を受けるのも悪くない。

●

ノーラの父から依頼を受けた俺はラッセルから西へと向かった。

巨大な針葉樹が立ち並ぶ森を抜けると、日光を受けて煌めく大きな湖面が出迎えた。

「へー、ここにこんなに広い湖があったのか」

普段からジョブレベルやランクを上げるための依頼ばかりを受けていたので、西側にはあまりきたことがなかった。

ラッセルに住んでそれなりに日数が経過したが、まだまだ俺の知らない場所がたくさんあるものだ。

水面を覗き込んでみると、見たことのない魚が優雅に泳いでいる。

サーディンは銀色の体表をしている大きめの魔魚とのことだが、浅い地点にはいないのか姿を確認することはできなかった。

「早速、釣りをやる前に……転職、【釣り師】」

釣り師は魚を釣ることに特化した固有職だ。

戦闘職でも生産職でもない変わった職だが、これでも固有職であることに変わりはない。

すべての固有職を極めると決めたのだから、これを機会に釣り師のジョブレベルを上げておかないとな。

釣り師に転職したお陰で釣りをする際のポイントがわかる。

水面を泳いでいるなにげない魚の仕草、気温、風向きなどからサーディンがどこら辺にいるのかがわかる。

釣り竿を肩に引っ提げて、てくてくと湖畔を歩いて移動。

五十メートルほど歩くと、サーディンが好む水草がたくさん生えている地点を発見。

距離はやや遠い。

俺は釣り竿に餌をつけると、大上段に竿を構える。

釣り経験のあまりない俺にあそこまでキャストするのは不可能なのだが、釣り師へと転職した今なら可能だ。

呼吸をするような自然な動作で釣り竿を振ると、ぶんと空気を鳴らしながら飛んでいき着水した。

「狙い通り」

まるで釣りを長年たしなんできたかのようなフォームと飛距離だった。

釣り竿自体は普通の木製なのだが、技量がいいとここまで遠くまで飛ばせるんだな。

サーディンが餌にかかるまでジッと待つ。

ワーカーホリック気味な俺はこういった退屈な時間があると、なにか別の仕事や考え事をしたくなる性分なのだが、まったくそのような気持ちにならない。目の前にある湖のように心が凪いでいた。

これも釣り師としての補正なのだろうか？

こんなに綺麗な景色があるなら野営道具を設置して、優雅にキャンプなどに興じるのもありだろう。

しかし、今日は残念ながら仕事だからな。

ゆったりと、だけど真面目に釣りに集中しよう。

軽く竿を揺らして待っていると、釣り竿が二、三回ほど振動した。

「――ッ！」

初心者であった頃の俺なら食いついたと判断して竿を引き上げていたかもしれないが、釣り師になった今ならわかる。これは完全なかかりではない。

落ち着いた気持ちで冷静に待っていると、今度はひと際大きく竿の穂先が引き込まれた。

「今だ！」

完全に食らいついた絶好のタイミングで竿を力強く引き上げると、水面から銀色に輝く長細い魚が見えた。

「おお、こいつがサーディンか！」

念のために鑑定してみると、ノーラの父が求めていたサーディンで間違いなかった。

意外と長細い体をしていて大きい。

ビチビチと陸地で跳ねるサーディンを締めると、アイテムボックスへと収納した。

「これで一匹目だな」

針に餌を付け直すと、俺は竿をキャストする。

今度も狙い通りだな。

自然と一体化するような気持ちで大地に佇み、サーディンをおびき寄せるための最適な誘いをする。

やがて、浮きが勢いよく沈み、間髪入れずに俺の腕がビシッと動く。

それだけでサーディンが次々と釣れた。

「順調だな」

釣りを開始して十五分しか経過していないのに既に六匹ものサーディンを釣り上げることができている。

ノーラの父に頼まれていたサーディンの数は十匹。

この調子でいけば、あと十分もしない内に終わるな。

名前　アマシキ　ツカサ
ＬＶ17
種族　人族
性別　男
職業【釣り師（転職師）】
ジョブＬＶ４（転職師ジョブＬＶ14）
ＨＰ　２８２
ＭＰ　１１４３／１１４３
ＳＴＲ　２３１
ＩＮＴ　２４０（＋40）
ＡＧＩ　２２４

ＤＥＸ　１９０（＋40）

自身のステータスを確認してみると、釣り師のジョブレベルが上がっていた。

釣り師に転職してからは一体も魔物を討伐していない。それなのにレベルが上がっているということは……。

「魚を釣っただけでも経験値が入るのか」

なんという変わった固有職であろうか。基礎的なステータスを上げるのであれば、こういった生産職や変わり種の固有職のジョブレベルを先に上げてしまった方が効率がいいのかもしれない。まったく転職していなかった他の固有職にも転職して、検証してみる方がいいかもしれないな。

固有職の分析をしている内に十四目のサーディンを釣り上げてしまった。

これで最低限の数は確保できたことになるが、釣り上げる数が多いほどにノーラの父が高値で買い取ってくれるし、魚を釣り上げるだけで経験値としてステータスが加算されるのであればやらない手はないな。

俺は再び竿をキャストする。

釣りはルアーを投げて初めて魚と対峙できる。

つまり、正確なキャストができるということは魚とより多く対峙できるということ。

素人ががむしゃらにルアーを投げるのとはワケが違うということだろう。

「……にしても、静かだ」

周囲には人気《ひとけ》がまったくない。

木の幹では見たことのない野鳥が羽づくろいをしており、岸辺では鹿が呑気に水を飲んでいる。

ノーラの父が言っていたような危険な湖だとは思えないな。

なんて思っていると水面から魔魚が飛び出して、水を飲んでいた鹿の喉元に食らいついた。鹿は必死に抵抗するが、水中から二体目、三体目の魔魚がさらに飛び出してきて多勢に無勢となり、水中へと引きずり込まれてしまった。

そんな様子を横目に見ていたのがいけなかったのだろう。魔魚と視線が合った。

トドス
LV 12
HP 65
MP 33／33
STR 46
INT 34
AGI 40
DEX 37

トドスという魔物は二本の足を動かしてドスドスとこちらにやってくる。

俺は仕方なく水面に垂らした針を引き上げ、トドスの方へ振るった。

釣り竿の糸が足に絡みつき、トドスが地面を転がる。

トドスは必死にもがき、糸を食い千切って脱出しようとするが、釣り師のスキルによって糸は魔力で強化されているのでそれは敵わない。

「ボルトショック！」

さらに釣り師のスキルを発動し、釣り竿を通して電流を流す。

本来は大型の魚を釣り上げやすくするためのスキルだが、俺のステータス数値があれば十分な攻撃用の威力を発揮する。

強力な電流を流されたトドスは体をビクリと振るわせると、小さな目を白く濁らせて動かなくなった。

しっかりと仕留めたことを確認すると、アイテムボックスに収納する。

水面にはこちらの様子を窺っているトドスが二体ほどいたが、呆気なく仲間がやられたことで力量の差を悟ったのか湖の中へと体を沈めた。

「こんなおっかない魔物がいれば、冒険者しか釣ることができないのも納得だな」

トドスたちを追い払うと、俺はゆったりとサーディン釣りを再開するのだった。

●

「ツカサ、おかえりー！」

「ああ、ただいま」

虎猫亭に戻ると、看板娘であるノーラが出迎えてくれた。

「お父さんなら厨房にいるから付いてきて」

「わかった」

ノーラに連れられて俺は厨房へと向かう。

「お父さん！　ツカサが帰ってきたよ！」

「……帰ったか。サーディンは釣れたか？」

「ええ、たくさん釣れましたよ」

俺はアイテムボックスから大量のサーディンが入った網を取り出した。

ノーラの父親に許可を貰い、俺は釣り上げた魚たちをテーブルの上に並べた。

「うわあ！　すごい！　サーディンだけじゃなくて他の魚もたくさん！　全部で何匹いるの？」

「サーディンが三十四、ヒカリマスが七匹、オオナマズが三匹だよ」

「すっごーい！」

それぞれの魚の数を述べると、ノーラが無邪気な声を上げた。

「よくこれだけの数を釣り上げることができたな。サーディンはともかく、ヒカリマスは滅多に釣れないんだが……」

「昔から釣りが得意なので」

本当は釣り師に転職できたお陰だが、転職師であることを秘密にしているので誤魔化すしかない。

「少し多すぎましたかね？」

依頼した数以上のサーディンや他の魚も買い取るとは言われたものの、さすがに釣り過ぎたかもしれない。

「いや、全部買い取らせてくれ」

「これだけの数があれば、お客さん全員に振る舞うことができるね」

「ああ、料理人として腕の見せ所だな」

多すぎた場合は市場に売りに行くか、保存食にしようかと思っていたが、その必要はないようだ。

「夕食はサーディンだ。寝過ごして遅刻するなよ？」

「楽しみに待っています」

今回の依頼のお陰で釣り師のジョブレベルが七に上がったし、それなりにお金も儲けることができた。

それになにより料理人が腕によりをかけて振る舞ってくれるのだ。

これ以上の報酬はないだろう。

たまにはこういった個人依頼を受けるのも悪くない。

コミカライズ第一話
試し読み
世界で唯一の転職師
～ジョブホッパ→な俺は、異世界ですべてのジョブを極めることにした～@COMIC
漫画 只野野郎 原作 錬金王

──これは
いかなる『ジョブ』にも
『転職』できる
ザッ
ザザ
唯一の職業

――転職師

天職司《あましきつかさ》の
キャリアアップの
物語である！
第1話

さすがは年商3000億を誇《ほこ》る大企業の本部
エントランスも気合が入ってるな
カッ
カッ
カッ

オフィスのエントランスは企業を
印象付ける場所といっても
過言ではない
家でたとえるなら玄関だ
整理されているほうが
家人の誠実さ
を感じられるものだ——
ゲチョオ…
俺は天職司
いくつもの
企業を渡り歩いてきた
ジョブホッパー
キュッ

最終面接に参りました天職と申します
ジョブホッパーとは短い期間で転職を繰り返す者のことを指すが
俺の場合は好待遇やスキル磨きさらなる高みを目指している
…
今所属している企業も大手だが
得られるスキルも少なくなりこの大企業へ
営業スマイル
よし。
数多《あまた》の審査《しれん》を乗り越えついに最終面接まで到達したのだ！

審査はかなり
難関だった
あとはこの
最終面接を乗り越え
転職は完了だ
質問の予想は
ついているが
すべてが
予想どおりとは
いかないだろう
ガチャ
天職司さん
スッ
はい
クルッ

だが
大丈夫だ
俺ならイケる
それだけのキャリアと経験をこれまで積んできたんだ
大企業であってもそれが通用しないはずがない！
失礼します！

え？
部屋を間違えたんだな……
大手企業にもなると
社員に癒《いや》しを与えるために
緑を取り入れることがある
そういう部屋に
入ってしまったようだ
やれやれ
くるっ

サァアーーー
スカッ
俺はどうやら
知らない場所に迷い込んでしまったようだ……

落ちついてる場合じゃない。
ぐしゃッ
どこなんだここは!?
最終面接は!?!?
?!
スベスベしている…?
これは18歳ぐらいの俺…?
スチャ
若返っているのか?
これは…
この年齢で今のキャリアがあれば
どんな企業でも1発で採用だろうな

そんな場合でもない
そもそもこんな場所が日本にあるのか？
ここは本当に日本なのか？
ヒュウゥ…
見たことのない植物……
ッん
ッポー
おお!?
見たことのない…
ぶぶぶぶ
わぁわぁ
何？！

もしかして…
異世界にやってきてしまったのか？
ゲームやアニメといった創作物で流行りという異世界
もはやそう考えるのが自然に思えてしまう
パタ
パタ
ん？
なんだこれ？
ステータス
ステータス…？

異世界のおきまりといったら…
…『メニュー』『コマンド』
『ステータス』…おおっ！
これが俺の情報か…
能力が数字で見れるなんて現実ではありえないな…
HP 48
MP 500
STR 36
INT 42
AGI 28
MPと魔力が突出してるが
まぁ健康維持のために運動はしてたがあくまで俺はサラリーマンだからな…
ん？
職業…
転職師…？
タス
転職師
ツカサ

転職師
装備
アイテム
転職可能職一覧
つん
…ってなんだ?
おおっ
ブワーーッ
こっちは戦闘職という奴か…?
一体いくつあるんだ
【転職師】
自らが望む職業へ転職することができる
転職する職業に合わせてMPを消費
剣士　LV1
魔法使い　LV1
これは数々の転職を繰り返してきた俺だからこその職業だろうか…
……そもそもどうして面接会場と異世界が繋がっているんだ?

俺のほかにも面接者がいた
待っていたら彼らがやってくるか案内係がひょっこり顔を……
……
出さない……
……
……水がなくなったら野《の》垂《た》れ死にだ
ちゃぷ…
唯一の手掛かりにすがってばかりいられない
ザッ
動くしかないな
消極的な行動は俺の性格に合ってない
何事も動いてみればなんとかなるポジティブ思考でいこう!

チガチガチ
チガチガチ

完全に裏目った!!!!
ダメだ！全力で走っても逃げ切れない
こうなったら……

ぐるっ
!!
待て！
話をしよう!!

ベキベキバキ
ハラリ
話にならん……!!
ぶわわッ
ギチギチ
ギチギチ
ギチギチ

座り込んでたら
死ぬ!!
何かないのか!?
武器になるもの……!
俺の中に眠っている職業の力――!!
職業【転職師】
転職《ジョブチェンジ》
【魔法使い】!

世界で唯一の転職師
～ジョブホッパーな俺は、異世界ですべてのジョブを極めることにした～

2024年3月1日　第1刷発行

著　者　錬金王

発行者　本田武市

発行所　TOブックス
〒150-0002
東京都渋谷区渋谷三丁目1番1号　PMO渋谷Ⅱ　11階
TEL 0120-933-772（営業フリーダイヤル）
FAX 050-3156-0508

印刷・製本　中央精版印刷株式会社

定価はカバーに記載されています。

ISBN978-4-86794-106-5

Printed in Japan